宋词
背后的秘密

林玉玫———— 著

作者序

还记得小时候，我无意间在家里的书架上发现了琼瑶女士所写的小说，一读之下便深深沉醉其中。于是，我父亲开始大量买进其他的琼瑶小说。虽然母亲对于我这么沉迷于小说感到有些担心，父亲却不以为意，因为他认为这些小说中经常出现古典诗词，对我或许会有潜移默化的作用。果不其然，在沉迷故事情节之余，我也对那些诗词产生了兴趣，特别是词，虽然当时似懂非懂，文意一知半解，也分不太清楚诗词的差别，只觉得喜欢的作品都是词。父亲见他的判断（或说是计谋？）正确，又开始往家里成堆地买《唐诗三百首》《三李词集》《唐宋词精选》等等，我也就这样，一点一滴地累积了对诗词的认识。

中学时，语文课本开始出现词的单元。还记得当时的语文老师，曾经费了九牛二虎之力，用生动的白话、详细完整地把李清照《声声慢》（寻寻觅觅）解释一遍。我才突然发现，原来破解了词表面难懂的文字后，底下所流露出的情感是那么动人啊！以往对词只觉得文字吸引人，或懵懵地觉得有某种意境之美，却不知最重要的，其实是作者想表达的情感。而这情感往往是不分时代，是所有身为"人"所能了解的共同感受，也是最能感动人之处。

因为有过这样的读词经验，我才发现这些词离我们不远。况且，词一开始其实是配音乐的歌词，也是当时流行的歌曲。相信大家都曾有被某首歌的歌词感动的经验，因为歌词写进了心坎里，而词也一样，其实就是能打动人心的歌词，只是因为时移世变，现在我们所用的语言和文化，已和当时的人们不同，所以未必能从字面意思上了解词的意义。但无论时代与文化如何变迁，总有些东西是永远相同的，经过时间的历练而留下的文学，就必然存留了某些引起人们共鸣、感动的特色。只要能移开那层面纱，就能看到更丰富的东西。"一沙一世界，一花一天堂"，更何况是一首经典好词呢？

当然，读词的时候，要卸下文字的隔阂，去了解背后的情感，并不只是把翻译弄懂、意思了解而已，还要知道为什么词人会写出这样的作品。因为每个词人的个性、遭遇都不同，自然也会影响到创作，写出不同的事件，也流露出不同的情感。除此之外，虽然我们要卸除文字隔阂，却也不能否认词的文字之美，有些词使用的文字虽然晦涩难懂、布局错综复杂，却不能抹煞它的艺术价值和词人的匠心巧思。所以，能成为一首好词的条件并不单一，动人的感情、作者出众的才华或心性、文字的艺术与创意都有决定性，这也适用于读其他的文学作品。

这本书就是希望尽量用简单、轻松但把握重点的方式，介绍那些值得一读再读的作品、优秀的作者、创作的艺术、词的发展变化等，也兼及和词有关的趣味故事，希望能呈现出词的多种面貌，毕竟词不是死板平面的文学，应该是活生生而立体的。此外，词虽从唐朝开端，历经五代、宋朝而兴盛，宋以后一度没落，到清初才又复兴，但最辉煌的时期是在宋朝。因此本书也以介绍宋朝的词人、词作为主，不过词既然是跨越了几代的文学，很难完全断开与前代、后朝的关系，所以书中的内容，也会兼及其他朝代的词作与词人，作为更完整的补充。现在，就让我们一起来进入丰富而多样的词的世界吧！

目 录

一　为什么作词又称为填词？　11
　　延伸知识｜为什么填词要规定平仄？　13

二　词牌名是怎么来的？　14
　　延伸知识｜一首词的真名：词题和词序　17

三　宋词也有"热门金曲榜"？　18
　　延伸知识｜词牌有别名吗？哪些词牌的别名很多？　21

四　为什么词要分片？有哪些形式？　22
　　延伸知识｜词有没有主歌和副歌？　25

五　词的布局方法有哪些？　26
　　延伸知识｜词中也有电影镜头　29

六　最长和最短的词，各是哪一首？　31
　　延伸知识｜什么是大词？什么是小词？　33

七　作词有哪些忌讳？　34
　　延伸知识｜在现代，有办法高歌宋词吗？　36

八　为什么男性词人常用女性角度写词？　37
　　延伸知识｜"男子作闺音"背后的深意　40

九　词为何会在宋代兴盛起来？　41
　　延伸知识｜宋代蓄家伎之风　43

十　　词流行时，也有歌本吗？　44
　　　延伸知识｜为什么早期的词经常不确定作者是谁？　46

十一　词人如何用和韵、用韵、次韵来互相唱和？　47
　　　延伸知识｜历史上被追和最多次的词作　51

十二　词人为什么爱伤春悲秋？　52
　　　延伸知识｜宋代的节令词　54

十三　诗、词、曲的差别是什么？　55
　　　延伸知识｜词还有哪些别称？　57

十四　什么是"以诗为词"？　59
　　　延伸知识｜什么是"以文为词"？　61

十五　词为何分为婉约和豪放两派？这样恰当吗？　63
　　　延伸知识｜苏轼的"旷放词"　66

十六　喜欢谈情说爱的宋词，能反映历史吗？　68
　　　延伸知识｜宋词还有哪些题材？　71

十七　唐代有边塞诗，宋代有边塞词吗？　72
　　　延伸知识｜欧阳修为何称范仲淹为"穷塞主"？　75

十八　宋词中的"二晏"指的是哪两个人？　76
　　　延伸知识｜"词中三李"指的是谁？　79

十九　晏殊那句"似曾相识燕归来"怎么来的？　80
　　　延伸知识｜什么是"集句词"？　82

二十　哪些词人因为词写得好而有绰号？　84
　　　延伸知识｜张先的风流轶事　86

二十一　欧阳修为何在科考时把苏轼从第一变第二？　87
　　　　延伸知识｜唐宋八大家的恩怨情仇　89

二十二　欧阳修的"人生自是有情痴,此恨不关风与月"表达
　　　　了怎样的人生观？　90
　　　　延伸知识｜"云雨"是什么意思？　93

二十三　如果宋代也有金曲奖,谁会得最受欢迎词人奖？　94
　　　　延伸知识｜柳永与歌伎的关系　96

二十四　为什么苏轼的名字和车有关？　98
　　　　延伸知识｜苏辙的"辙"又有什么意涵？　100

二十五　赤壁之战的千军万马,只为女人？　101
　　　　延伸知识｜《念奴娇·赤壁怀古》的雄豪与旷逸　103

二十六　苏轼是在怎样的心情下,写出"拣尽寒枝不肯栖,寂
　　　　寞沙洲冷"？　105
　　　　延伸知识｜仰慕苏轼的痴情女子　108

二十七　性格豁达的苏轼,也会有想逃避人世的时候吗？　109
　　　　延伸知识｜苏轼在黄州的生活　112

二十八　苏轼为何成为被贬最远的词人？　114
　　　　延伸知识｜苏轼对海南岛的影响　117

二十九　秦观是怎么看远距离恋爱的？　118
　　　　延伸知识｜擅写感情的秦观　121

三十　　秦观的"郴江幸自绕郴山，为谁流下潇湘去"为何让苏轼感动不已？　122
　　　　延伸知识｜苏轼与秦观的师生之情　125

三十一　谁是北宋最佳作词作曲人？　126
　　　　延伸知识｜什么是"自度曲"？　128

三十二　为什么说周邦彦擅长"时间的魔法"？　129
　　　　延伸知识｜北宋"集大成"的词人是谁？　132

三十三　周邦彦的《少年游》讲的是哪位佳人和君王？　133
　　　　延伸知识｜宋代第一名伎李师师　135

三十四　我很丑，可是我很深情：才高八斗的贺铸　136
　　　　延伸知识｜"鬼头"是哪位词人的绰号？　139

三十五　堪称"词中之后"的人是谁？　140
　　　　延伸知识｜"词中之后"的另一个真面目是？　143

三十六　用了许多俗字的《声声慢》，为何成为李清照的千古名作？　144
　　　　延伸知识｜哪些词人也会用俗字作词？　147

三十七　最智勇双全的词人是谁？　148
　　　　延伸知识｜英雄心目中的英雄又是谁？　150

三十八　辛弃疾"众里寻他千百度"的"他"是指谁？　151
　　　　延伸知识｜宋词里的"人生三境界"　154

三十九　上演宋代版《孔雀东南飞》的是哪位词人？　156
　　　　延伸知识｜执着的陆游　159

四十	南宋最佳作词作曲人是谁？ 161
	延伸知识｜最会写词序的人是谁？ 164

四十一	宋词中的哪位词人，堪比唐诗中的李商隐？ 165
	延伸知识｜吴文英的人品不好吗？ 167

四十二	劲歌金曲之一：苏轼《江城子·密州出猎》 168
	延伸知识｜苏轼密州时期的词作 170

四十三	劲歌金曲之二：岳飞《满江红·写怀》 172
	延伸知识｜《满江红·写怀》不是岳飞写的？ 175

四十四	劲歌金曲之三：张孝祥《六州歌头》 176
	延伸知识｜爱与苏轼较量文采的张孝祥 179

四十五	劲歌金曲之四：辛弃疾《破阵子·为陈同甫赋壮语以寄》 180
	延伸知识｜辛弃疾的盟友兼词友 183

四十六	劲歌金曲之五：辛弃疾《永遇乐·京口北固亭怀古》 184
	延伸知识｜韩侂胄主张的北伐为何失败？ 187

四十七	经典伤心情歌之一：范仲淹《苏幕遮》 188
	延伸知识｜为何范仲淹叫"小范老子"？ 191

四十八	经典伤心情歌之二：欧阳修《蝶恋花》 192
	延伸知识｜"庭院深深深几许"引起的回响 195

四十九	经典伤心情歌之三：柳永《雨霖铃》 196
	延伸知识｜亲爱的，他把词变"大"了 199

五十　　经典伤心情歌之四：苏轼《江城子》　201
　　　　延伸知识｜苏轼的贤妻美妾　204

五十一　经典伤心情歌之五：李清照《武陵春》　205
　　　　延伸知识｜"词中之帝"是谁？　208

五十二　经典伤心情歌之六：吴文英《唐多令·惜别》　210
　　　　延伸知识｜为什么芭蕉的意象多与愁苦有关？　213

五十三　是词，还是判状？　214
　　　　延伸知识｜是词，还是药方？　216

五十四　一首词也能成就一段姻缘吗？　218
　　　　延伸知识｜一首词也可以破坏感情吗？　221

五十五　宋代的生日歌曲怎么唱，与现代的有何不同？　222
　　　　延伸知识｜词也可以用于婚礼吗？　224

五十六　近代最有名的词人是谁？　225
　　　　延伸知识｜宋代以后词的发展　227

五十七　为何在宋词中，"西楼"最常见？而不是东楼、北楼、南楼？　228
　　　　延伸知识｜为何在宋词中，"东风"比其他的风还常见？　230

五十八　"冰肌玉骨"形容的是哪个美人？　231
　　　　延伸知识｜为何形容美女时，喜欢用"冰""玉"等字？　234

五十九　宋词中常见的自然意象有哪些？　235
　　　　延伸知识｜宋词中"水"的意象　237

六十　　宋词中常见的人造意象有哪些？　238
　　　　延伸知识｜宋词中"栏杆"的意象　240

附录一　　填词词谱（现代版）　242
附录二　　填词词谱（古典版）　247

一　为什么作词又称为填词？

词，在以前其实是一种音乐文学，"填词"也和音乐有很大的关系。所以，当我们要讲什么是"填词"时，还是得先从音乐的部分开始说起，也要说说词最主要的产生原因。

首先，隋唐之际，天下较为安定了，交通的发达与商业的兴盛，促进了中国与其他各国的文化交流。大量的异国音乐传入，且渐渐地被改编，或与许多中国的民间音乐融合，产生了许多新曲子，然后兴起。像宋人王灼的《碧鸡漫志》卷一中说："盖隋以来，今之所谓曲子者渐兴，至唐稍盛。"《旧唐书·音乐志》说："自开元以来，歌者杂用胡夷里巷之曲。"指的都是这种新兴、"混血"的音乐（古人称之为"新声"）。当然，在隋唐以前就已经有中外音乐相互融合的情形，我们可以猜测，这就好像现在坊间有许多异国料理，在引进台湾时，总要做一些口味上的改良，或与我们现有的料理做创意结合，才能被大众所接受、欢迎。在当时，中外音乐产生融合，大概也有类似这样的原因，而隋唐以后安定繁荣，人们对娱乐的需求也相对增加，就更促使了这类的新声出现。

而词，就是在这种背景之下产生的。以前这些音乐在流传时，不像欧洲的交响乐只有旋律，而是必须配上歌词的，我们现在所谓的"词"这一文体，其实一开始是为了配合这些乐曲所写出的歌词。又因为早期这些乐曲多流传于民间，所以一开始也多是民众在作词。像在二十世纪初时，甘肃敦煌莫高窟所出土的"敦煌曲子词"中，就保留了许多唐五代时的民间词，题材多样，也比较口语化、生活化，反映了不少当时的民间生活状况。像王重民《敦煌曲子词集叙录》概括叙述敦煌曲子词时就说："有边客游子之呻吟，忠臣义士之壮语，隐君子之怡情悦志，少年学子之热望与失望，以及佛子之赞颂，医生之歌诀，莫不入调。"[1]由此可以见得当时民间词的丰富多变。而词虽在民间流行，但也有文人喜爱这些乐曲，开始拟作具有民歌风格的歌词，不过也有些文人觉得民间词不够雅，就自己来进行创作，也开启了日后文人词的兴盛局面。

所以，我们可以知道，词的起源和当时音乐的发展有很大的关系，是为了因应大量乐曲的产生，才跟着产生了歌词。这种状况是比较特殊的，因为在这之前，乐府诗也是配音乐唱的，但是乐府诗往往是先有了诗作，才有配合的音乐产生。直到唐代以后，这种关系才改变过来，成为先有了曲调，再配合填上适当的歌词，这种方式称为"倚声填词"，所以作词也就又称为"填词"了。

---

[1] 王重民，《敦煌曲子词集叙录》，《敦煌遗书论文集》，台北：明文书局，1985，页57。

延伸知识丨为什么填词要规定平仄？

所谓平仄，是特别用于中国诗词中，表明声调变化的方式，平是指平直，仄则是曲折。古代汉语和现代汉语一样有四种声调，分别为平、上（shǎng）、去、入，其中上、去、入三种声调的字，有高低起伏的变化，故统称为仄声，平声则只包含平声调的字。而后来绝句、律诗要规定平仄，就是为了让诗句念起来有抑扬顿挫的音律感。

我们现在看到的词谱或词律，都有规定平仄，或许大家会想，这一定是受到律诗、绝句的影响吧！其实不完全是，因为早期词人是根据音乐来填词的，当时并没有硬性的平仄规则。词和音乐密不可分的关系，从中唐一直延续到北宋，到了南宋，词才逐渐脱离音乐，变成只要按照词牌的固定格式作词即可。从这时期开始，词逐渐变成一种不必配乐的纯文学，格式也才变得比较固定。而后，宋代乐谱几乎都已失传，后世的人再想填词，就真的只能照那些固定格式来写了。

所以，每次大规模整理词的格律都会产生重要的影响。像清康熙时，万树写了《词律》这本书，研究了很多词牌的平仄、句式、字数、押韵等，然后订出他认为比较正确，或较多人使用的格式为规范，平仄自然也跟着固定出来了。后来的《钦定词谱》也是类似的书籍。所以我们现在看到的词的平仄等格律，都是后人归纳订定出来的，可作为填词之参考；且平仄变化所造成的音律感，和音乐是有相像之处的，所以定出平仄，其实等于还能留有一点音乐性。因此，现在平仄对填词而言，反而变得重要了。

二 词牌名是怎么来的？

以现代我们所熟悉的歌曲形式来说，每首歌都是一曲配一词，也拥有专属的歌名，所以都有它的独特性。但我们若看唐宋词，会发现每首词前都有个像"歌名"的词牌名，且往往是重复的，例如很多首词都叫"念奴娇""满江红""水调歌头"等等，是因为这些词牌名其实指的是曲调的名称，配合这首曲调去填的词，也就直接沿用这些词牌名了。

而这些词牌名的产生，背后常常是有故事的。唐五代以后，词多由美丽的歌伎来唱，所以词的内容，很多都和女性有关，而词牌名的由来，也有不少是和歌伎或美女相关的。比方说"念奴娇"当中的"念奴"，是唐玄宗时一个知名歌伎的名字，当时唐玄宗曾自己作曲作词，再交给念奴来唱，结果念奴的歌艺让唐玄宗大为欣赏，就把这个曲子取名为"念奴娇"了。而有个词牌名叫"虞美人"，指的就是项羽身边的美人虞姬。当年项羽兵败垓下的时候，虞姬不离不弃，最后因为怕成为项羽的累赘，自刎而死。后来便有一个传说，当地有种红色的花，就好像被虞姬自刎时的鲜血染就一样，这种花后来被称为"虞美人"，然后又被沿用到词牌名中。另外，还有像"昭君怨"是与王昭君有关,"浣溪沙"则和西施曾在溪边浣纱的典故有关等例。

还有不少词牌名的背后是有故事的,例如"鹊桥仙",是出自牛郎织女只能在每年七夕时,在鹊桥上相见的故事。而"雨霖铃"则和唐玄宗、杨贵妃有关,据说安史之乱时,唐玄宗带着杨贵妃逃走,但因为大家都认为安史之乱是因为杨贵妃这个红颜祸水,唐玄宗迫于舆论压力,只好赐死杨贵妃。杨贵妃死后,唐玄宗仍旧怀念不已,在某一个蜀地栈道的雨夜中,听到铃声,思念甚浓,后来就命人写下"雨霖铃"这个曲子。

此外,词牌名还有很多由来,像有些歌是专门用来写某些事的:如"醉公子"是用以写喝醉了的男子;"渔歌子"是写渔家生活的闲适;"女冠子"是写女道士;"临江仙"是写水中之仙等。大概是一开始写什么事,就订下这个题目,然后被后人继续沿用下去。

但是,也有些词牌容易引人误会。例如"贺新郎",从字面意义看,会以为是结婚时恭贺新郎的歌曲,但其实"贺新郎"本作"贺新凉",后来误把"凉"变成"郎",有很多人在填这个曲调时,都是写慷慨悲愤之情的。而"寿楼春""千秋岁"看起来与祝寿有关,但其实是用于悼亡,如果拿来填寿词,就太没有礼貌了。

最后要注意的是,词牌名是曲调的名称,和词的内容没有必然的关系。早期的词牌名与词作内容有比较多相符的情形,但发展到后来就分离了。"虞美人"不见得都是写虞姬的事情;"念奴娇"的内容也不一定都适合像念奴这样的娇美人儿来唱;"临江仙"到后来也不会只是写水仙。有时只是后来的词人喜欢这曲调的旋律,或认为这旋律适合写某些事情,才选来填词。

而到文人作词已逐渐脱离音乐后，词人在选择词牌时，也多半是认为这词牌的格式或篇幅适于他要写的东西，除非是特殊情况，否则内容是否符合词牌名的意义，就不那么重要了。

延伸知识｜一首词的真名：词题和词序

由于词作内容和词牌名没有一定的相关性，自然很难从词牌名去判断这首词在写什么，所以有的词人会另外再取一个题目，或者交代一下作词的动机、场合、时间等，我们称之为"词题"或"词序"。

一般来说，如果字数很少，就像个题目而已，我们可以称之为"词题"。像苏轼写过两首《念奴娇》，一个词题叫"赤壁怀古"，另一个叫"中秋"，就带有题目性质。而另一种像序言，用来阐述宗旨或交代写作背景，有开宗明义、补充说明之用的，可以称之为"词序"，通常字数也会比较多。像张先的《木兰花》序："去春自湖归杭，忆南园花已开，有'当时犹有蕊如梅'之句。今岁还乡，南园花正盛，复为此词以寄意"便是交代了写作的动机。

其实，最先比较频繁地使用词题、词序的，就是北宋的张先。在他一百七十多首词作中，将近一半都有词题或词序（其中绝大多数为词题），这在以往的词人作品中是相当罕见的。苏轼的三百多首词作中，有超过一半的作品有词题或词序，就是受了张先很大的影响，后来也有许多词人都是如此。

到了南宋，有位知名词人姜夔，绝大部分的词都有词题或词序，而且他的词序，不仅文句优美，还有不少是相当"长篇大论"的。这是因为他不仅善于填词，也善于音律，所以会利用词序来说明他对某些曲调、音律的看法。像他有一首《凄凉犯》，序言约两百多字，另一首《徵招》，序言更多达四百多字，可说是一个相当用心于作词作曲的词人。

三　宋词也有"热门金曲榜"？

　　唐宋词与乐曲关系的特点，便是可以"一曲配多词"，但以前的乐曲如今已失传，只剩歌词仍继续流传，所以若有宋词的"热门金曲榜"，应该要分成两个部分来看：一个是当时最常被使用的曲调有哪些，另一个则是最受欢迎的歌词是什么。

　　首先来看最常用的曲调。唐五代到两宋，流传的曲调非常多。我们以词最兴盛的宋代为例，在当时流传最广的词牌是"浣溪沙"，接下来还有"水调歌头""鹧鸪天""菩萨蛮""西江月""满江红"等，这些都是当时的热门音乐，也是最常被词人选来填词的前几名曲调。

　　虽然因为曲调已失传，我们无法得知当时的音乐样貌，但通过了解宋人常用的曲调是哪些，我们大概可以推敲出，这些曲调之所以受欢迎的原因，不外乎是旋律受人喜爱，或音律不会过于复杂、篇幅较为适中、比较好填词等，所以如果想学填词，也可以先从这些词牌入门。

　　不过，最热门的曲调，却不一定会产生最热门的歌词。在二〇一二年的时候，北京中华书局出版了一本书，名叫《宋词排行榜》,由王兆鹏等人合著①。这本书根据每首词被历代词选收编的次数、在现代各大搜寻引擎中被搜寻的次数、被历代词人追和的次数等数据,计算出前一百首最热门的词作,其中前十名分别为:

第一名:苏轼《念奴娇》(大江东去)
第二名:岳飞《满江红》(怒发冲冠)
第三名:李清照《声声慢》(寻寻觅觅)
第四名:苏轼《水调歌头》(明月几时有)
第五名:柳永《雨霖铃》(寒蝉凄切)
第六名:辛弃疾《永遇乐》(千古江山)
第七名:姜夔《扬州慢》(淮左名都)
第八名:陆游《钗头凤》(红酥手)
第九名:辛弃疾《摸鱼儿》(更能消)
第十名:姜夔《暗香》(旧时月色)

热门词作的统计,显然比较复杂,牵涉的数据也不仅局限于宋代,毕竟只有词作的内容是至今我们仍能品评好坏的,而每个朝代受欢迎的词作也会不同,但以上这前十名的作品,依旧通过时代的考验留了下来,必然有一定的价值。不过有趣的是,这个词作的金曲榜,显然是兼容并蓄的:既包含了慷慨激昂的劲歌,也包含了婉约悲伤的情歌;既有词人抒发对国事的感慨、愤恨,也有对于人生的体悟和依依离情的倾诉。可见不

---

① 王兆鹏、郁玉英、郭红欣,《宋词排行榜》,北京:中华书局,2012。

论哪种风格的歌词,都有一定的群众支持。而这个金榜上,苏轼、辛弃疾、姜夔就各占两首,也足以见得他们的词作极受肯定,可见词人及其作品魅力的影响也是很大的。最后,透过对好作品的认识,我们也可以培养对词作的赏析能力,对学习创作也能有所助益。

延伸知识｜词牌有别名吗？哪些词牌的别名很多？

    词牌名的产生，我们在前面已介绍过原因，但词牌名常有个现象，就是除了本来的名字之外，也会产生别名。例如，某一首词写出来之后，因其变得特别有名，有人就会将这首名词中的几个字拿出来，成为新的词牌名。像苏轼《念奴娇·赤壁怀古》的开头有"大江东去"，所以"念奴娇"后来又有别名叫"大江东去"；或是像"望江南"，因为后来白居易用这个曲调，写了三首回忆江南之好的词作，所以又改名为"忆江南"。这种状况显示了代表性词作在这个曲调中的影响力。

    另一个别名的产生方式，则是用词牌的字数去取名。如"念奴娇"是一百个字，就又称为"百字令"；"归字谣"只有十六个字，所以又叫"十六字令"。

    一般来说，若别名很多，表示可能有很多作家喜欢用这个词牌，所以产生的佳作比较多，容易有佳句被拿来作为别名。像热门曲调中第一名的"浣溪沙"，别名就非常多，共有十个；第三名的"鹧鸪天"，也有七个别名，其中就有很多是因为作者写出佳句后，又产生别名的。不过别名最多的还是"念奴娇"，共有十八个，其中像"大江东去""酹江月""江月""赤壁词"等，就是因为苏轼之词产生的别名，可见"念奴娇"这个词牌之所以别名甚多，不仅因为常被使用，其中也不乏苏词的影响力。

    既然词牌的别名愈多，就表示这个词牌可能在当时愈热门、愈有名，那么词牌别名的数量也可以当作该曲调是否热门的一项指标。

四　为什么词要分片？有哪些形式？

一般来说，我们最常看到的词的形式，是分成两个部分的，其中的每个部分称为"片""叠"或"阕"。所以，一首分成两个部分的词，我们也会说这是分成上下片、上下叠、上下阕（但这个"阕"字，有时也拿来当作词的单位，一首词也可以称为一阕词，但我们不会说一片词、一叠词）。

词会分片，是为了配合乐曲，乐曲有段落，一个段落就是一片。分成两片的词是最常见的，其中又有三种不同的类型。第一种是这两片在句数及每句的字数、押韵的韵脚、平仄等方面完全相同，例如"蝶恋花"这个词牌，像这样的歌曲应是同样的旋律重复两遍。第二种则是上、下片略有不同，例如"鹧鸪天"。举辛弃疾的作品来看，上片第一句"晚日寒鸦一片愁"，下片第一句则是"肠已断、泪难收"，其他地方都相同，这种情形称为"换头"。只有开头不大一样，其他地方的旋律都保持相同，大约是为了要使曲调有些变化，不那么千篇一律。此外，也有上下片完全不同的，例如"诉衷情""贺新郎""清平乐"等。我们举晏殊的《诉衷情》来看：

数枝金菊对芙蓉。摇落意重重。不知多少幽怨，和露泣西风。

人散后，月明中。夜寒浓。谢娘愁卧，潘令闲眠，心事无穷。

很明显可看出上下片是不对称的，上片四句，下片六句，几乎都不相同，大约是这类词牌的乐曲，曲调变化比较多的缘故。

但除此之外，词其实还有不分片，或者是有三片、四片的情形。不分片的情形，通常篇幅比较短，像"望江南""如梦令"等，像这样的词牌，大概乐曲也很简短，就不分上下片了。分成三片、四片的形式（又称三叠、四叠），这类作品较少见，可是变化比较丰富，比方说"西河""兰陵王""浪淘沙慢"等词牌，也是三片都不太相同。另外也有所谓的"双拽头"，例如周邦彦的《瑞龙吟》：

章台路。还见褪粉梅梢，试花桃树。愔愔坊陌人家，定巢燕子，归来旧处。

黯凝伫。因念个人痴小，乍窥门户。侵晨浅约宫黄，障风映袖，盈盈笑语。

前度刘郎重到，访邻寻里，同时歌舞。唯有旧家秋娘，声价如故。吟笺赋笔，犹记燕台句。知谁伴、名园露饮，东城闲步。事与孤鸿去。探春尽是，伤离意绪。官柳低金缕。归骑晚、纤纤池塘飞雨。断肠院落，一帘风絮。

这种词牌是第一、二片格式相同，第三片比较长，我们称之为"双拽头",就好像两匹马牵拉着车身一样,用来比喻先重复两次较短的旋律,再配合一个较长旋律的乐曲,是一种相当特别的形式,"曲玉管"这个词牌也是如此。

再来介绍四片的形式,但只有一种词牌是这样的,就是"莺啼序",当中四片的格式都不太一样:第一片共八句;第二片共十句;第三、四片各为十四句,前面虽几乎一样,但末三句又不相同。这个词牌,不只片数最多,字数也是最多的。大约是因为结构比较复杂,篇幅又大,写作比较不易,作品数量也相对很少。

延伸知识 | 词有没有主歌和副歌？

现在的流行歌曲中，绝大部分都是主歌配上副歌的形式。顾名思义，主歌就是一首歌当中主要的部分，大多会先叙述出这首歌的主要内容，或是为副歌的部分做铺陈；而副歌则是整首歌比较高潮的部分，通常着重感情的抒发，并借由一再重复，加强听者对于歌曲的记忆，加深印象。主歌虽然也会重复，可是歌词内容有可能会改变，也不会重复太多次；副歌则是重复较多次，歌词不改变，或者改变幅度较小。

如果根据以上主、副歌的比较来看的话，我们可以发现，在词中是没有主、副歌之分的，虽然词的上下片格式有时会完全相同，很像是副歌的重复，但毕竟只有旋律重复，歌词内容是完全不同的，整首歌词浑然一体，较无主副之分。虽然我们前面介绍过"瑞龙吟""曲玉管"这种双拽头的形式，如果把第三片和第一、二片倒换过来的话，确实是有点类似今天流行歌曲的形式，但毕竟不完全相同，且第一、二片也仅是旋律重复，歌词并未重复，况且这种形式在唐宋词中也算是少数，只能说是偶然的类似罢了。所以，不分主、副歌，是唐宋流行音乐和现代流行音乐一个很大的不同。

五　词的布局方法有哪些？

一般而言，词分成两片，所以也可以将其内容视为两个段落，所以许多词人在写词时会去注意上、下片该如何布局，就好像写文章也须分段，并注重起承转合一样。同时，两片之间也要有顺畅的过渡和连接。以布局来说，常见的有上片写景，下片写情；或反过来，上片先写情，下片写景的。例如范仲淹的《苏幕遮》（碧云天）、宋祁《玉楼春》（东城渐觉风光好）、苏轼《念奴娇·赤壁怀古》等，就是上景下情的作法。而上情下景的作品也有，但是比较少，如张先的《天仙子》：

　　水调数声持酒听。午醉醒来愁未醒。送春春去几时回，临晚镜。伤流景。往事后期空记省。
　　沙上并禽池上暝。云破月来花弄影。重重帘幕密遮灯，风不定。人初静。明日落红应满径。

上景下情的状况较多，主要是因为"由景入情"这种写作模式从《诗经》就已开始，但当时所描写的景物，并不必然与要诉说的情感有绝对关联，只是发展到后来，景物与感情的联系更为密切了。更进一步说，不论先写景还是先写情，甚至是情景交错的写法，若是景能与情"交融"，那是最好的，毕竟情往往是抽象的，若能透过具象的景去勾发、比喻的话，也就能使情得到更进一步的抒发。

除了以情、景分段，也有以时间来分段的。例如写事情，便有上片写过往，下片写现在的，类似作文的"顺叙法"；也有上片先写现在，下片追忆过往的"倒叙法"。前者如欧阳修的《生查子》：

去年元夜时，花市灯如昼。月上柳梢头，人约黄昏后。今年元夜时，月与灯依旧。不见去年人，泪湿春衫袖。

后者则有如周邦彦的《念奴娇》（醉魂乍醒），先写现在的情景，再追忆过往。这些都是以时间点作为段落的区分。

此外，分片是一个较大的布局，但每一片里又有许多细节需要琢磨，首先是押韵。词大约每两、三句会押一次韵，有时一句就会押一次韵。一般来说，押韵的地方最好就是一个完整的意思，也因此，每个韵要容纳哪些意思，又如何与其他韵组合成片并形成一个脉络，都必须细细斟酌。同时作者还要兼顾开头不俗，上、下片切换时要有关联却不能太重复，结尾要能有深长的余味等。当然，若是三片、四片的布局法，可能又更加复杂。所以最好还是能了解词人布局的方法，这样可以使对词作的理解更为深入；同时，若有兴趣创作的话，也可以作为学习的准则。

最后仍要注意的是，所谓章法布局，其实多是后人归纳出来的，作者当然自会有一套布局的方式，但在创作时，却不见得是完全照准则来的，或者也可以说，是透过对准则的学习之后，再打破规则另行创意。总之，了解准则是需要的，但也要避免完全被限制住。

延伸知识 | 词中也有电影镜头

前面说到，词中常会有对于景物的描写，而这些景物，都会在词中创造出某种情境，使情与景交融在一起。如此一来，这景物自然就染上了词人的主观色彩，变得比平常更有意义。

而写景，不只是平铺直叙地描绘眼前所见或景物的表象，有的词人会精心安排景物的设置，例如从近写到远，或由远写到近，有时亦来个特写镜头，细部描绘某个景物。这就好像电影镜头，也分成远景、中景、近景、特写镜头一样，使读者在读词的时候，感受到景物与情感的变化。例如相传为李白所写的《菩萨蛮》：

> 平林漠漠烟如织，寒山一带伤心碧。暝色入高楼，有人楼上愁。
> 玉阶空伫立，宿鸟归飞急。何处是归程，长亭更短亭。

这是一首描述女子思念远方良人的词。开头先写远景，从最远的"平林漠漠烟如织，寒山一带伤心碧"开始，再移到较近的景物"高楼"，然后才是高楼上的女子，这是景物由远而近，由大而小的描写方式；下片则相反，从近景写到远景，从愁苦的女子写到天上的归鸟，再写到那绵延不断的长亭与短亭[①]，不仅显示出良人归途的遥远，更暗喻了自己的思念，就如

---

① 古时会每十里设置一长亭，每五里设一短亭，供旅客休息，后来逐渐变成送别的地方，因此常会出现在描写离情的作品中。也可指绵延不断的旅途。

同那长短亭，不停地蔓延出去。

这首词的上片，可说是先用一种由远而近的写景方式带主角出场，下片再将主角向远方淡出，可是人虽淡出了，情却没有，反而与景物交融，形成一种深长的余韵。如果这首词也可以翻拍成"微电影"的话，一定很有意境。

六　最长和最短的词，各是哪一首？

词从兴起开始，产生了不少的词牌。这些词牌的字数，有多有少，目前所知最多字的是两百四十个字，最少则只有十四个字。

因为字数相差悬殊，所以进行分类是必要的。目前所知最早将词分为小令、中调、长调三种的始祖是《草堂诗余》。后来，清代的毛先舒才进一步根据字数去定义此三者，以五十八字以内为小令，五十九字到九十字为中调，九十一字以上的为长调。这个分法后来被广泛地采用，但其实并不是很科学。就像万树在《词律》中就曾经批评这种分法，并举例说明，像"七娘子"这个词牌，有五十八字，也有六十字的，那要叫小令还是中调？而像"雪狮子"有八十九字，也有九十二字的，又是中调还是长调呢？万树的这个质疑很有道理，因为词一开始都是配音乐的，有时候多一两个字或少一两个字，也还是可以唱的，而填词的篇幅，应该和乐曲长度有比较大的关系。可是音乐已失传，要去帮词的篇幅大小作分类的话，大概也只能先用字数去分，暂时没有更好的分法了。

那么，我们姑且将小令定义在五十八字以下，而小令中字数最少的词，是唐代的"竹枝"，只有十四个字。例如皇甫嵩的作品:"木棉花尽荔枝垂,千花万花待郎归。"这几乎只是一副对联。再来则有十六个字的"十六字令",如周邦彦的作品:"眠。月影穿窗白玉钱。无人弄,移过枕函边。"虽然只多两个字,但变化就比较多了。

至于长调,被定义在九十一字以上,看似不多,但实际上最长的词牌"莺啼序",共有两百四十个字,超出九十一字两倍以上,"竹枝"连它的零头都不到。再少一点字数的则有如"戚氏",共两百一十二字。可见,以往的乐曲种类相当多,长短落差也非常大,在创作时,方式自然也不同。"竹枝"只有短短两句,大约是适合随口一唱、即兴创作;其他小令篇幅的词牌,虽有字数较多的,但篇幅上仍有限制,所以只适合抒发较为片段的感情,顶多写景再加上抒情;而字数再多一点的中调、长调,篇幅较大,就可以叙事兼抒情,或叙事、写景、抒情三者兼具,南宋时甚至有词人借之议论、说理。因此,词有长短之分,适合写的题材不同,自然也能形成不同的味道。

宋人常用的词牌,其篇幅大概会是比较好发挥的大小,特短或特长的词,相较之下创作者就少。就好比现代的流行歌曲,大部分的长度都在三到五分钟左右,算是比较固定,但有时也有特别短的歌词或特别长的歌词。例如王菲作词并演唱的《浮躁》,歌词只有二十二字,也不比最短的小令多多少字,唱起来也是颇为随性的感觉;而古巨基演唱的《情歌王》,则是集合了许多情歌的部分歌词和旋律成为一首歌,时间长度就超过十二分钟,歌词则有一千两百多字,将情感不停接续、铺叙下去。但这类的歌和宋代特短或特长的词一样,毕竟不是主流,只能偶一为之来增加些新意。

延伸知识｜什么是大词？什么是小词？

若有机会看古人论词的文章，有时会看到"大词""小词"这样的词汇。例如宋代沈义父的《乐府指迷》当中说："作大词，先须立间架，将事与意分定了。第一要起得好，中间只铺叙，过处要清新。最紧是末句，须是有一好出场方妙。作小词只要些新意，不可太高远。"这里所谓的"大词""小词"，其实指的就是歌词内容的篇幅，篇幅较大者称为大词，较小的则称为小词。创作大词时，因为内容较多，也讲究起承转合。起头要起得好，中间则要有适当的铺叙，"过处要清新"则是指两片之间在承接时，要能"有点黏又不会太黏"，不可以完全死扣在一起，看不出段落感，但也不能过于分成两半，使一首词变得好像两首词一样。最后，结尾非常重要，要能使词有余味供人咀嚼。此外，像篇幅大的词，在创作时也要注意，铺叙时不要把话说得太过明白，否则就没有想象空间，而无余韵。

至于小词，则重在有无新意，但不适合写意境过于高远的内容，这也就是我们前面所说的，小令适合写较为片段的情感。然而，我们只能从沈义父所提出的创作方法，约略知道他所谓的大、小词是篇幅的差别，可是到底多大能称之为大词，多小该称之为小词，他没有进一步说明，到明代才有人就字数更细分为小令、中调、长调。所以逐渐的，也就有人把这两种分法混在一起，小令称之为小词，长调称之为大词，至于中调，宋代没有这种概念，是明代以后才又分出来的一种类别。

七　作词有哪些忌讳？

　　词是一种配合音乐的文学，为了能与旋律和谐、好唱，就会特别注重平仄。而词通常分两片，有时会分到三、四片，所以章法结构上也必须有一定的安排，内容才不会零乱破碎。另外，词的句子字数有很多变化，每种字数的句子也有其节奏，不可任意更改。所以，作词其实不容易，甚至可能比作诗还复杂。但是，若把握了作词时该避讳的问题，还是可以作出一首好词。

　　若以词的章法结构来说，最好能够先安排各片所要表达的东西，例如上片写景，下片写情，当然也可以反过来，最忌讳东拼西凑，毫无脉络和条理。同时，虽然各片之间要能够段落分明，但仍要有一定的关联性，否则一首词截然分成两种内容而不连贯，也是不妥当的。

　　古人填词时，因为还有音乐，所以能够"倚声填词"，根据旋律给予适当的歌词。假如词的抑扬顿挫与乐曲旋律差太大的话，不仅不容易让听者明白歌词内容，对唱歌的歌者也是一种负担，所以不协音律是填词的一大忌讳，像苏轼的词内容虽好，填词时却较不注重音律，这点就常为当时的人所诟病。因此，在当时的音乐已不得而知的今天，想要填词的话，最好要根据词谱，像万树的《词律》或《康熙词谱》（即前文所述《钦定词谱》——编者注）都可以作为参考。尽量依据他们所列出的平仄去填适当的字词，那么即便现在已不能唱，至少在念的时候，还能保有一点音律性，会较为悦耳。而押韵的部分，每个词牌也会规定哪几句要押韵、韵的平仄是什么等，这些也需注意，不能漏掉该押韵的地方。

此外，词的每个句子也都有固定的句式，且每句的字数，从一到十个字都有，常见的句式有四言、五言、七言等。四言通常是上二下二，由两个词汇组成，例如"大江—东去""佳期—如梦"等。至于五言的句子，可分为上一下四，如"沁园春"这个词牌，每片的倒数第二句，就要使用这种句式，以辛弃疾的《沁园春》为例，就是"怕—君恩未许"；或者常见的上二下三，如"明月—几时有"；也有上三下二的，像"齐天乐"的最后一句就要用此种句式。而七言的句式，也有分上一下六、上四下三、上二下五等，通常在词谱上会标明出来，填词的时候也要依据规定的句式才行。

由上可知，填词要注意的地方很多，无论是内容还是格式，都有讲究和规定。要先搞清楚这些忌讳，才能逐步作出好词。

延伸知识 | 在现代,有办法高歌宋词吗?

　　由于宋代的音乐在现代已不得而知,所以要完全用古代的旋律来唱词,几乎是不可能的事情。但是现在仍有学者致力于搜罗宋代乐谱的相关资料,再根据平仄、歌词内容改写成现代音乐用的简谱。台湾成功大学的李勉教授,就做了这样的考证,并将相关的音乐、简谱置于"网路展书读"这个网站。虽然目前没有将所有的曲调都考订出来,但至少能让喜爱宋词的人们,感受一下宋代人是怎么唱词的。

　　但古调的考证很费功夫,除此之外,还有其他方法可以唱宋词吗?其实很简单,就是另创新的曲调即可。最有名的例子,大概就是由梁弘志作曲,邓丽君演唱的《但愿人长久》。这首歌是完全以苏轼的《水调歌头·丙辰中秋》为歌词,再谱以新曲去唱的,后来张学友和王菲也唱过,各有不同的味道。此外,也有取宋词为歌词,再加上新的歌词,谱上新乐曲的,如周杰伦作曲、伊能静演唱的《念奴娇》,就把苏轼的《念奴娇·赤壁怀古》与毛泽东的《沁园春·雪》放进歌词中,然后加上一些新的歌词,曲风也相当现代化。

　　我们姑且不论这样的改编是否还留有古意,因为毕竟每个时代的流行歌曲各有不同的面貌,但苏轼的词,至今仍然被视为经典,且被用于流行歌曲中,就表示其价值是历久不衰的。若苏轼泉下有知,大概也没想到,当年他所写的歌词,就算在近千年后的流行歌坛,也还是可以传唱的吧!这大概也是宋词可以"雅俗共赏"的新解释了。

八　为什么男性词人常用女性角度写词？

清代有位词论家田同之在《西圃词说·诗词之辨》中说:"若词则男子而作闺音,其写景也,忽发离别之悲。咏物也,全寓弃捐之恨。无其事,有其情,令读者魂绝色飞,所谓情生于文也。"他指出了一个唐宋词中普遍但奇特的现象:词人明明都是男性,却常用女性口吻,站在女性立场写词,好像角色扮演一样。这个状况在晚唐、五代与北宋的词作中尤为常见,例如南唐著名词人冯延巳写过一首《长命女》:

春日宴。绿酒一杯歌一遍。再拜陈三愿。一愿郎君千岁,二愿妾身常健。三愿如同梁上燕。岁岁长相见。

这首词的口气,好像是一个女孩子在对自己心爱的人,诉说心中想和他长长久久的愿望。又如欧阳修的《蝶恋花》:

庭院深深深几许。杨柳堆烟,帘幕无重数。玉勒雕鞍游冶处。楼高不见章台路。
雨横风狂三月暮。门掩黄昏,无计留春住。泪眼问花花不语。乱红飞过秋千去。

这写的是一个女子的闺怨。这两首词的作者都是男性,却用女性的方式说话,以女性立场写词,像这样"男子作闺音"的现象,和当时的宴会文化有很大的关系。

词是配合音乐而唱的歌词,一开始流行于民间,但后来也逐渐流行于文人之间,作为歌筵酒席中的娱乐,这时往往由文人配合乐曲来填词,再交给歌伎来唱。例如,收录了许多五代词的《花间集》(可说是最早的文人词集),其序言就记载了当时的宴会状况:"则有绮筵公子,绣幌佳人,递叶叶之花笺,文抽丽锦,举纤纤之玉指,拍按香檀。不无清绝之辞,用助娇娆之态。"意思就是富家子弟或读书人的宴会上,他们把歌词写在一页页的花笺上,交给美丽的歌女唱,唱歌时搭配着檀板敲出的节拍,再加上歌伎清丽的歌喉,和娇娆的姿态,我们可以想见那是如何旖旎的一种风光。歌既然是给美丽的歌伎唱的,词的内容当然也要适合她们,所以词人就需站在她们的立场,模仿她们的口吻作词。即便没有,也会去描写女子的容貌、才华,并常与恋情有关,总之题材都是围绕在女性身上。毕竟,若让一个娇滴滴的女孩子唱出雄壮的军歌,反差实在太大,在那样的场合中也不适合。因此,这类写给歌女唱的歌词,多半都会从她们的角度去写。

有趣的是,南宋王灼的《碧鸡漫志》中说:"古人善歌得名,不择男女……今人独重女音,不复问能否。而士大夫所作歌词,亦尚婉媚,古意尽矣。"这段话如用现代一点的方式来解释,就是古时候只要善于唱歌,男歌手女歌手都好,像《碧鸡漫志》也记载了战国时代的秦青、薛谈,汉朝的虞公、李延年,唐朝的高玲珑、李龟年等,都是著名男歌手。可是晚唐五代以后,却多是女歌手的天下,因为当时的人比较喜欢女歌手。那词人所作之词,当然也就要以这些女性为主了,而我们常说词是"婉约""婉媚"的原因也在此。

此外,现代流行歌曲中也是有男性用女性口吻作词的,像郑进一作词的《家后》,写出传统女性对丈夫的爱,以及那单纯的幸福,再经由江蕙美好的歌声诠释,成了脍炙人口的经典歌曲,与我们前面介绍的情形有异曲同工之妙。

延伸知识｜"男子作闺音"背后的深意

男性文人用女性口吻或立场写作，其实不是从词才开始的。早从屈原的《离骚》开始就有："众女嫉余之蛾眉兮，谣诼谓余以善淫。"这两句话看似用了女子的口吻，意思是说有许多女子嫉妒我，只因为我的容貌、眉毛比她们更美好，于是造谣毁谤我。在这里，屈原为什么要这样说呢？如果我们把这两句话和他的生平与他忠君爱国的情操结合来看的话，便会知道这两句话是一种比喻，屈原把自己这个忠臣比喻成美女，其他善于毁谤的奸臣则是那些嫉妒他的女子，而后"蛾眉"也变成一种美好才德的象征。这种手法我们称之为"比兴"，意指使用某种比喻，但这种比喻的背后又有某种寄托，像屈原的比喻，背后就寄托了他高洁的心志。之后，有许多诗人、词人继承这种"比兴"手法，通过把自己比喻成女子，或者借由描述一个女子，来寄托他们不方便说出口的心意。

所以，我们可以知道，"男子作闺音"出现在晚唐到北宋的词里时，大多是因为要写给歌女唱的，但出现在诗歌中时，多是想表达自己的政治寄托或怀才不遇，只是有时直接说出来会过于敏感，只好借由这种委婉的方式来抒发。这类作品很多，后来的词里也会出现。不过，也不是所有"男子作闺音"背后都有深意，我们还是要小心别过分的解读了。

九　词为何会在宋代兴盛起来？

清代文人潘德舆说："词滥觞于唐，畅于五代，而意格之闳深曲挚，则莫盛于北宋。词之有北宋，犹诗之有盛唐。"意指词发端于唐代，在五代时茁壮，到北宋则大放异彩，犹如盛唐时的诗歌，具有高度的成就。这段话简单扼要地解释了词从唐到宋的发展，也能说明为何今天我们一提起词，大多都会先想到"宋词"，而不是"五代词"或"清词"，就好像一讲到诗，我们也都会先想到"唐诗"一样。但其实，不是只有宋代的人才作词，唐代的人才作诗，其他各朝代的文人，也多有作诗、作词的，可是因为"唐朝之诗""宋朝之词"的艺术成就最高、最有代表性，久而久之，我们也就习惯这样去把它们联结在一起了。

一种文学会在某个时代兴盛起来，背后都有许多原因。词在宋代兴盛，大约有两个主要原因。第一个原因就如前一段所说的，是经过了唐、五代的孕育和成长。随着愈来愈多文人投入创作，他们逐渐摸索出一套填词的方式，到北宋时正好到达成熟阶段。之后又有许多南宋词人，继续探索出更有创意的方式，才能造就出这么多精彩的作品。当然，唐、五代的词并非没有佳作，只是相较之下，宋词的题材、风格和主题更为丰富、深刻。

　　第二个原因,就要从宋太祖赵匡胤说起了。根据《续资治通鉴》的记载,宋代初建,赵匡胤担心五代这种混乱的局面无法从根本去平息,就和赵普商量对策。赵普认为,唐末以来之所以会一直混乱,是因为节度使拥兵自重,导致君弱臣强,所以最好能把武将们的兵权削弱,使他们没有势力造反,天下才会真正安定。于是,赵匡胤设计了一场"杯酒释兵权"的宴席,还对这些武将们说:"尔曹何不释去兵权,出守大藩,择便好田宅市之,为子孙立永远不可动之业,多置歌儿舞女,日饮酒相欢,以终其天年。"他劝武将们不要再这么辛苦了,好好享乐便是,甚至还鼓励朝臣武将们蓄养家伎,为的就是让武将们转移心思。此后,宴飨风气大开,音乐和歌词的需求增加,这样的背景当然成为词兴盛的重要原因。甚至,如果翻开《全宋词》,会发现不少宋代皇帝作过词,也有人因为词作得好而被提携。例如《武林旧事》曾记载:"一日,御舟经断桥,桥旁有小酒肆,颇雅洁,中饰素屏风,书《风入松》一词于上,光尧(高宗尊号)驻目称赏久之,宣问何人所作,乃太学生俞国宝醉笔也……上笑曰此词甚好……即日命解褐云。"意指在淳熙年间,当时的太上皇高宗乘船游西湖,在一间酒馆的屏风上看到一首《风入松》,非常欣赏,询问之后,得知是太学生俞国宝所作,高宗稍改了最后一句,并赐给俞国宝官职。由此可知,由于前期安定承平,都市经济繁荣,加上君主的喜爱,所以宋代成了词的全盛时期。

延伸知识｜宋代蓄家伎之风

　　宋代歌伎非常多，也有一定的制度。当时歌伎主要可分为三种：官伎、市伎（又称市井伎）、家伎。官伎由各级官府管理，官员如果要办公宴，便可请官伎，但有规定官伎"卖艺不卖身"，因此官员与官伎之间，是不可以有男女关系的，如果被发现有私，都会受到一定的惩罚；市伎则是民间有入乐籍的伎女，服务对象主要是民众或一般文人，像知名的李师师便是；至于家伎，则是私人蓄养的歌伎，通常是官员或社会阶级比较上层的人才会在家中蓄养家伎，设宴时，往往由这些家伎表演助兴，且没有规定家伎不得和男主人有男女关系，所以家伎的地位也很特别，大约是介于婢女和妾之间。

　　蓄养家伎从北宋开始流行，一部分原因是受到赵匡胤的鼓励，此后就蔚为风气，像欧阳修、寇准、苏轼等人都有家伎。而《东京梦华录》中也说："诸幕次中，家伎竞奏新声，与山棚露台上下，乐声鼎沸。"这里呈现出当时节庆的热闹与家伎之众多，可见当时蓄养家伎确实非常流行。

　　当然，如果用今天的眼光来看，这样的风气似乎不可取，但在当时既有政治因素，大家也都习以为常了，我们不妨就当作是一种历史现象来看待吧！

十　词流行时，也有歌本吗？

现在如果到有歌手驻唱的餐厅或酒吧，会看见有的歌手面前放着一本歌本，这种歌本其实就是歌谱，上面有数字简谱及歌词，好让歌手知道可选什么歌，以及歌词和旋律怎么唱，私下练习歌曲时也会用到。而歌本不是现代才有，早在词流行的时期，就有类似的歌本了，只是唱歌的人都是当时的歌伎，所以多是歌伎在使用，格式与分类也有一点不同，但功用是一样的。

现代歌本中，最常见的大概是专门集结流行歌曲的，但也有老歌、民谣歌本等。而词盛行时的歌本，也多以收录当时的流行歌曲为主，并在编排时有两种不同的方式，一种是以音乐为主，按宫调进行编排，例如宋时流传在民间的歌本《金奁集》、柳永的《乐章集》等。宫调是指乐曲的音调，周代以前，已有宫、商、角、徵、羽五声，后来又发展出变宫、变徵两声，总共七声，和西洋简谱中七个音阶的概念是一样的。其中，以宫声为调的称为"宫"，其他声为调的则统称为"调"，合称为"宫调"。不同的宫调会有不同的音乐风格，以便歌伎选唱。通常较早期的歌本都是这种形式，歌伎可以看当时流行哪种音乐，或因应需求，选择适合的来唱。

另一种歌本则是以歌词内容分类。例如南宋时编的《草堂诗余》，先分小令、中调、长调，再分春、夏、秋、冬四景，或是按照节序、天文、地理、人物等分类，每一类下面又再细分。歌伎可以根据实际需要、不同场合应景而唱，让选歌更加便利。

现代人上KTV唱歌时，不用背下歌词，因为电视荧幕上的歌曲中就有歌词，甚至连旋律都不一定要记下，因为还有导唱功能。但对于需要驻唱的歌手就不是这么方便了，且流行歌曲总是推陈出新，要歌手背下所有歌曲，总有难度。而古代歌曲的流传，不像今天这么方便迅速，多是靠传唱与歌本，加上要歌伎背下所有的歌词也不太可能，所以附有宫调、歌词的歌本，对歌伎来说是很重要的。尤其在音乐佚失的今天，这些歌本起了保存歌词的作用，也让我们能从像《草堂诗余》这样的作品中，看出当时流行音乐的某些趋势。例如其中被选进的作品，最多的是周邦彦，再来是秦观、苏轼、柳永等，也有欧阳修、辛弃疾等人的词作。词作的编选，当然有些编者的喜好在其中，但仍可见这些歌曲在南宋还是受到欢迎的。

当时的歌伎除了从歌本中选歌之外，还有别的歌曲来源。例如在宴会中，歌伎会唱主人或客人曾作过的词，甚至也常有在宴会时当场作词给歌伎即兴演唱的，这让主人或客人都能有表现的机会，得意之余，宴会的气氛自然就更热闹、欢乐了。除此之外，歌伎也会向有名的词人要求，希望词人替她们作词，例如当时很受欢迎的词人柳永，就常有歌伎向他索词。反过来，如果有人希望自己的文才受到注目，也会自己作词给歌伎唱，希望借由歌伎传播出去，或在有重要人士的场合中歌唱，以期受到赏识。

延伸知识 | 为什么早期的词经常不确定作者是谁？

在词发展的早期，有些文人其实不大注重自己写过的词，这是因为歌词都是在筵席间传唱，又被视为"小道"，所以文人并不像对诗那样的重视其保存，也不认为这些作品有太大的价值，于是多不收录于自己的文集中。由于歌词没有被写定，传唱的过程中，难免会弄错作者，即便后来有些词被刊载出版了，出版者也多没有去认真考证，结果就造成了某些词作误记了作者的名字，或误收到其他作者的词集中，也就是所谓"互见"的情况。像冯延巳、欧阳修、晏殊三人的词，因为写作风格有某种程度上的相似，就经常被弄混。例如，《蝶恋花》（南雁依稀回侧阵）的作者就有欧阳修或晏殊两种说法；《鹊踏枝》（谁道闲情抛掷久）也有冯延巳或欧阳修的词集都收录的情形。而之所以会这样，追根究底，就是因为作者本身不重视自己的词作，因此也未加以整理的关系。

除了作者说法不一，早期的词也会出现作者不明的状况。另外，传唱过程中，歌伎常是随手抄录、背诵歌词，但万一抄错、背错了，自然也就唱错，久而久之，有些词就出现了版本上的出入。到了南宋，有时也还会有以上这些状况，但随着词愈来愈受到重视，已逐渐改善。

十一　词人如何用和韵、用韵、次韵来互相唱和？

"和韵""用韵""次韵"等唱和，可以说是一种文人间的风雅活动，也像是在比赛谁的文采好。要了解这些是什么，可先来看明代吴乔在《答万季野诗问》中说的："和诗之体不一，意如答问而不同韵者，谓之和诗；同其韵而不同其字者，谓之和韵；用其韵而次第不同者，谓之用韵；依其次第者，谓之步韵（亦称次韵）。步韵最困人，如相殴而自絷手足也。盖心思为韵所束，而命意布局，最难照顾。今人不及古人，大半以此。"吴乔认为，一个人写了一首诗，另一人再写诗呼应其诗，叫作"和诗"，这种方式主要是应和诗意为主，好像一搭一唱或一问一答；和韵的话，则是相和时押韵要押同一个韵部的字；而用韵，则是指所押的韵要跟所和之诗用相同的韵字，不过次序可以改变；至于次韵，是最难的，不只押韵的韵字要完全相同，次序也不可以改变，吴乔形容这种方式是"自絷手足"，也就是把自己的手脚捆绑起来之意，表示这种写诗方式限制太多，比较没有自行发挥的余地。此外，不论是哪种唱和方式，内容都是要有所呼应的。

以上这些方式本来是作诗时才有，后来也被拿来作词，尤其是苏轼、黄庭坚以后。不过，可能因为词的韵脚位置较固定，"次韵"的方式反而在宋词中最为常见，当词人在词序中注明"和韵"或"用韵"时，大多也是指"次韵"。这种文人间的风雅活动，有时出现在应酬场合中，也有某词因为作得不错，所以又有人再作词相和、追和的情况。有些词人会在词序中写明"用……韵""……席间和韵""次韵……"等，就是这个原因。这类的例子众多，无法一一列举，在这里我们就简单举两个有名的例子。首先，和意词在宋代虽不如次韵词普遍，但却有一首很有名的作品，就是陆游的《钗头凤》：

红酥手。黄縢酒。满城春色宫墙柳。东风恶。欢情薄。一怀愁绪，几年离索。错！错！错！
春如旧。人空瘦。泪痕红浥鲛绡透。桃花落。闲池阁。山盟虽在，锦书难托。莫，莫，莫！

这是写给他的前妻唐琬看的，表示出对两人当年分离的遗憾，而唐琬看了之后，也作一首《钗头凤》应和陆游：

世情薄。人情恶。雨送黄昏花易落。晓风干。泪痕残。欲笺心事，独语斜阑。难！难！难！
人成各。今非昨。病魂尝似秋千索。角声寒。夜阑珊。怕人寻问，咽泪装欢。瞒，瞒，瞒！

由这两首词可见，和意词不须用相同的韵，但其所用的词牌多半是要一样的,并在词意上有互相呼应。

再看次韵之例,北宋章质夫曾作一首《水龙吟》:

燕忙莺懒芳残,正堤上、柳花飘坠。轻飞乱舞,点画青林,全无才思。闲趁游丝,静临深院,日长门闭。傍珠帘散漫,垂垂欲下,依前被、风扶起。

兰帐玉人睡觉,怪春衣、雪沾琼缀。绣床旋满,香球无数,才圆却碎。时见蜂儿,仰粘轻粉,鱼吹池水。望章台路杳,金鞍游荡,有盈盈泪。

这首词以咏杨花为主题,苏轼接着便作《水龙吟·次韵章质夫杨花词》:

似花还似非花,也无人惜从教坠。抛家傍路,思量却是,无情有思。萦损柔肠,困酣娇眼,欲开还闭。梦随风万里,寻郎去处,又还被、莺呼起。

不恨此花飞尽,恨西园、落红难缀。晓来雨过,遗踪何在,一池萍碎。春色三分,二分尘土,一分流水。细看来,不是杨花,点点是、离人泪。

这两首词的韵脚是"坠、思、闭、起、缀、碎、水、泪"(古时候这几个字是押韵的),且次序完全一样,属于次韵。有趣的是,前面我们说次韵最难,不仅作法上先天就有限制,大多也难以超越原作,但大文豪苏轼所写的这首词,却被认为是超越了章质夫。如王国维在《人间词话》中说:"东坡《水龙吟》

咏杨花,和韵(王国维此处也是指"次韵")而似原唱;章质夫词,原唱而似和韵。"其实章质夫这首词已写得不错,当时曾流传一时,但苏轼还能超越,实在相当难得。

延伸知识 | 历史上被追和最多次的词作

  一首好词,往往会引来词人的好友跟着相和,与原作相互交流;或是一首词流传出去后,有人喜爱,便也作词相和;甚至,词人也可以作了一首词后,再作另一首词自和。宋代以后,有些经典的词作依旧脍炙人口,使得后人也跟着追和。据王兆鹏等人所著的《宋词排行榜》统计,苏轼的《念奴娇·赤壁怀古》在南宋与金时期被追和了二十三次,元、明被追和六十四次,清代则被追和四十六次,总计一百三十三次,是所有宋词中被追和次数最多的一首,连南宋大词人辛弃疾,都曾作《念奴娇·用东坡赤壁韵》次韵此词,可见这首《念奴娇·赤壁怀古》造成的影响有多大。

十二　词人为什么爱伤春悲秋？

　　古往今来的艺术家，都善于观察周遭的人、事、物，并用他们易感的心，去感受、体验这其中的变化，再表现出来。在中国，古代的自然景观丰富多样，且许多地方有着明显的季节交替，春夏的生机蓬勃与秋冬的万物凋零，看在善感的词人眼中，自然能引发许多感触，尤其是景色变化最大的春天和秋天。

　　春、秋所能引发的情感，常常有两种：一种是当心情和悦时，看到的会是季节美好的那一面，自然会写春日和煦与秋高气爽的景致；但当心情沉重时，季节中美好的一面，反而成了心境上不堪的对比，尤其是暮春的花落、秋末的万物凋零，容易引起愁绪，令人有"美好的事物逐渐逝去"的感伤。所以，词人伤春悲秋的情怀，往往不只是表面上的，通常会有更深一层的意涵和比喻，而形成了词中一种特殊的主题。

　　在词体中，伤春常和女性的相思有关。当女子和心爱的人分离时，春天这么美好的季节，反而令人触景伤情。一是美好的时光无法与恋人共度，二是看到花开花落，便令人感伤青春易逝，年华老去。而因为词一开始多是写给歌女唱的，所以文人模拟女子伤春口吻的作品也很常见。

此外，还有另一种伤春情怀，则是词人自身对于人生的体会，或将春天当作某种象征。例如晏殊的两首《浣溪沙》："无可奈何花落去，似曾相识燕归来，小园香径独徘徊""满目山河空念远，落花风雨更伤春，不如怜取眼前人"，都有一种对于生命本质的思考。而辛弃疾《摸鱼儿·淳熙己亥》中"更能消、几番风雨。匆匆春又归去。惜春长恨花开早，何况落红无数。春且住。见说道、天涯芳草迷归路。怨春不语。算只有殷勤，画檐蛛网，尽日惹飞絮"则是把快要结束的春天，比拟为南宋岌岌可危的国势，所以他的伤春，其实也是忧伤国家，兼及自己的怀才不遇。到了宋末元初，也有位名叫刘辰翁的词人，在他的伤春词中，把春天比喻为灭亡的南宋，如《兰陵王·丙子送春》："春去。最谁苦。但箭雁沉边，梁燕无主。杜鹃声里长门暮。想玉树凋土，泪盘如露。"伤春就成了对故国的哀悼与怀念。

至于悲秋，与女性的关联就比较少了，较多的是男性用来比喻自己不受重用。《楚辞》的作者之一宋玉，曾写过《九辩》，其中就蕴藏着悲秋伤感。生命终会流逝，如果在有限的生命中无法施展抱负、获得赏识，那是多悲哀的事情。这个悲秋所象征的内涵，逐渐被后来的文人所沿用，像柳永的羁旅词中，就有透过悲秋来写他的失意和人生无成之慨的。

事实上，如果放眼整个中国文学，会发现不只是词人爱伤春悲秋，诗、赋中也常有这类主题，并多与上面所介绍的情形类似，这就形成了中国文学中一种特殊的传统。而词虽然一开始多为歌筵酒席中娱宾遣兴之用，但进入文人手中后，文人逐渐将他们常接触到的主题带入词中，也是自然而然的事情。

延伸知识 | 宋代的节令词

　　季节会勾起词人的感触,节日也一样。无论是在节日时享受良辰美景,与亲友同欢,还是孤独冷清地过节,感叹好景不常在,都能引发写词的动机。而在中国,有几个特别重要的节日,如新年、元宵、端午、七夕、中秋、重阳等,都常有词人吟咏作词。其中又以元宵节的词作最多,像欧阳修的《生查子·元夕》、辛弃疾《青玉案·元夕》等,都是有名的作品。这类写元宵佳节的词,除了写作者自身的感受之外,也会写灯会中五彩缤纷的花灯、游玩遣兴的人们,很是热闹。

　　词原本就多以情爱为主题,那浪漫的七夕,自然也成为描写的对象。宋代的七夕特别热闹,常常从七月初一就开始准备过节了,至于牛郎与织女的故事,更是吟咏七夕时的一个重点。像柳永的《二郎神》(炎光谢)就描写了七夕时女子乞巧的习俗;苏轼的《菩萨蛮·七夕》则写牛郎织女终有一年一度相会的日子,人间的爱情却总有不确定性,分开了也不知何时才能相聚,所以想必他们是不会羡慕人间的;而秦观的《鹊桥仙》,更是借牛郎织女的故事,点出了一个爱情的道理:虽然是长久的离别,但只要两情长久,总比朝夕相处却平淡生厌的感情要好,这首词被视为千古绝唱,是七夕作品中最有新意的。

　　节令词通常可以让读者认识宋代节庆的习俗与情况,有时节庆能触发词人写出好的作品,所以在宋词中,节令词也是很有价值的。

十三　诗、词、曲的差别是什么？

诗、词、曲这三种文体，是中国韵文文学中的三大瑰宝，且各有不同的规定与风格。我们有必要明白这三者的差异，才能更加了解词。但这里要比较的曲，是专指散曲，不含杂剧，因为杂剧还包含了动作、对白等，形式截然不同，和诗、词进行比较是没有意义的，而散曲的形式和词比较相像，可以了解一下如何区分它们。

若只从表面上看，诗与词、曲的差异较大，因为诗多为齐言的形式，而词、曲因为是长短句交错，所以看起来比较像。若从本质上来说，诗未必要配合音乐，但词、曲则一定要。

再从更细微的格律上来说。诗分古体诗和近体诗：古体诗不讲究平仄，也多半不固定句数和字数，有时会有长短句交杂的杂言体；近体诗则有固定的字数和句数，没有长短句，也讲究平仄及韵脚。但词既包含了古体诗杂言的形式，也包含了近体诗所讲究的平仄和韵脚。至于曲，形式比词来得自由，字数较不固定，有时连句子都可以增加。此外，曲经常使用衬字，就是在原本的曲牌中规定的字数外，基于让语气或语意更完整、增添声音情感等原因，可随意增加一些字，让歌词的内容听起来更为活泼、浅白,唱的时候,这些字通常都是轻轻带过的。这些衬字可以随意增加,甚至有过衬字比歌词本身要来得多的作品。有些曲牌是延续了词牌,内容格式几乎一样,例如"念奴娇",这时就可以用有无衬字来分辨到底是词还是曲。但要注意的是,曲的字数或句子可以增加,是就其曲牌本来的正字而言,衬字是不算在内的。

再从音律上说,近体诗不论五言、七言、绝句、律诗,都有固定的平仄,而词也有固定的平仄,但其固定的平仄是根据词牌不同而有所变化的,所以不像近体诗单纯。这一点,曲也是一样的,每个曲牌也会有规定的平仄,而且比诗、词更加严格。

最后,就诗、词、曲整体的风格而言,清代李东琪曾概括地说:"诗庄词媚曲俗。"诗,适合言志,古人多半拿来写比较严肃的议题,如自己的政治抱负、人生志向、社会关怀等,所以是庄严的;而词,多用于抒情,又常写男女情感,相较起来是较为女性化、妩媚的;而曲,题材博杂,语言也是最为白话的,虽然诗、词有时也会用方言、俗语等,可是都不及曲来得多,所以曲比较浅显易懂,更加通俗。

经过比较,我们可以得知,诗、词、曲三者,有相同类似之处,也有许多不同之处。由于三者又有发展上的先后以及相关性,所以又有人把词称为"诗余",曲称为"词余"。

延伸知识 | 词还有哪些别称？

词其实还有许多别称，较常见的是"乐府"，因为词和乐府诗都是配乐而唱，所以就有人把词称为"乐府"，但其实这两者有很大的不同。词又可称"长短句"，这是因为很多词都是长短句的形式。词还有前面提到过的"诗余"这个别称，除了因为词与诗有发展上的关联性以外，也是因为词在一开始不被文人注重，视为"小道"，是写诗之余才去作的。这些别称常见于词人的词集名，如《东坡乐府》就是苏轼的词集，《稼轩长短句》是辛弃疾的词集；而《草堂诗余》则是宋代的词选，依据词的主题将词进行分类，方便歌伎在不同的场合中选唱合宜的歌词。

词还有比较特别的别称，如"琴趣"或"琴趣外篇"。这个典故来自陶渊明，根据《晋书·陶潜传》的记载，陶渊明不太懂音乐，但却有一张没有弦的琴，每与朋友聚会，就抚琴唱和，并说"但识琴中趣，何劳弦上声"，表示只要能理解琴本身的趣味，又何必用弦来发出声音呢？后来"琴趣"就成了词的别名。词人的词集也有以"琴趣"命名的，如《醉翁琴趣外篇》是欧阳修的词集，《淮海琴趣》就是秦观的词集。

有时候，词、曲也会有混称的情况。例如唐代时，词其实叫作"曲"，或者又称"曲子词"，而现在所谓的元曲，在元、明时又常被称为"词"，主要还是因为这两种文体都和音乐有关，又都是歌词，在发展上也有关系的缘故。其实，文体的演变与特色，都是自然而然发展出来的，一开始难免会有些混乱，或是在演变过程中产生一些新的观念与意义，因此才会产生某些文体名称混淆、出现别名等情况。有些人甚至认为词的那些别称不好,但这倒也无须过分追究,重要的还是能理解"词"这个文体的真正内涵是什么。

十四　什么是"以诗为词"？

"以诗为词",从字面上看,就是用写诗的方式来写词,也可以说是把词"诗化"了。这句话是苏轼的学生陈师道说的:"子瞻(即苏轼)以诗为词。"最先开始大量用这种方式作词的人,就是苏轼。

诗和词,原本是两种不同的文学。在一般文人的心目中,诗的地位向来高高在上,因为它可以用来抒发怀抱与志向,可以写各式各样的题材。而词,在最初发展时,是文人眼中的"小道",因为词多半出现在娱乐场合中,内容也多是风花雪月,可以娱情,却无法拿来写正经事。虽然,一些文人在填词时,因为本身就有一定的文化水平,会将文才内化在词中,所以其作显得比较高雅,就好像现代的流行歌曲中,也有歌词高雅或通俗之分,但总的来说,词的内容与地位还是被限制住的。

张先与柳永开始较为大量地创作篇幅较长的词,由于可写的字数变多,内容也从抒发短小片面的情感,扩充到平铺直叙一些事件,融叙事、写景、抒情为一体,为词的题材开拓出一条先路。但张、柳的词,内容大多还是侧重于男女感情,且柳永的词太过流行,其中又有许多俗艳露骨的部分,这部分就受到了苏轼的反对。可是,苏轼却很欣赏柳永在羁旅词中那种景物开阔的写法，于是他取了柳永的长处，摒弃了柳词中太过艳情的部分，开始将艳情以外的题材带入词中。所以刘熙载说苏轼是"无意不可入，无事不可言"的，苏轼可以借由写词，抒发人生感慨、道理、咏叹历史、悼念亡妻等，这些题材在前人的作品中，几乎是看不到的。

  苏轼的这种创作方式，可以说不仅扩大了词的题材，也把词由"男子作闺音"这种为女性代言的立场，拉回到男子为自己发声。他比前人更自觉地这么做，再加上他本身豁达的天性，使得苏词中有雄豪、旷放的一面，和传统的词真的有很大的差别。陈师道在说苏轼是"以诗为词"之后，又说其作"如教坊雷大使①之舞，虽极天下之工，要非本色"，就是认为这种写法，已脱离词本来柔媚的样貌。虽然这种方式不是所有人都认同，苏轼也非完全不写传统的词，但也不可否认，苏词中成就更大的，正是这类创新的词。

  此外，苏轼作词，已不再是为了音乐或娱乐而写，有时候，他为了使文意有更好的表达，就不太重视歌词与音乐是否配合得当。这种方式也是突破传统，当然也遭到一些批评，例如李清照就批评这是"句读不葺之诗"，可是，这种方式却使得词从一定要迁就音乐，转变成独立于音乐之外，因而更具有文学性了。

  总的来说，"以诗为词"就是苏轼走出来的另一条作词之路，使词变得可以像诗一样，不只写情感，而是什么题材都可以写，还能像诗一样抒发志向与襟抱。词的文学性增加了，地位提高了，这大概是词史上最为重大的影响。

---

① 雷大使名叫雷中庆，是北宋有名的男性舞者。

延伸知识 | 什么是"以文为词"?

"以文为词",就是将写文章的技巧、方式用来写词,在原理上和"以诗为词"是一样的。

以文为词也是从苏轼发端的,他有几首词带入了文章的写法,但将之发扬光大的代表词人则是辛弃疾。我们可以在辛词中,看到文章中才会出现的对话、议论和句法,也会使用较为口语化的词汇或俗话,所以看他的词,有时就好像在看文章一样,例如《西江月·遣兴》:

> 醉里且贪欢笑,要愁那得工夫。近来始觉古人书,信着全无是处。
> 昨夜松边醉倒,问松我醉何如。只疑松动要来扶,以手推松曰去。

这首词读起来,很像是篇短文,尤其是下片,用对话方式呈现一个酒醉之人的醉态。如果我们把最后一句"以手推松曰去"加上现代标点符号,就会成为"以手推松曰:'去!'",也就更有散文的味道了。

除此之外,辛弃疾熟读各种经史子集之书,所以里面的典故,也常被他用来写词,这和用诗里的典故来写词,又是不同的。虽然,"以文为词"也会有些问题,例如少了许多意象和可联想的地方,或者用典太晦涩使得文意较难理解,可是总的来说,这种写法影响了不少词人,如陈亮、刘过、刘克庄等。就和"以诗为词"一样,"以文为词"又为词的创作开辟出了新天地,所以,还是很有意义的。

十五　词为何分为婉约和豪放两派？这样恰当吗？

明朝张綖的《诗余图谱》曾说："按词体大略有二：一体婉约，一体豪放。婉约者欲其辞情酝藉，豪放者欲其气象恢弘。盖亦存乎其人，如秦少游（秦观）之作，多是婉约；苏子瞻（苏轼）之作，多是豪放。"这是最早开始将词分为婉约、豪放两派的观点，并说明了婉约的词作就是要将情感藏在文字内，不过于外露，而豪放的词作则是要气势磅礴外放。这个观点一出，后来的人就逐渐将词分为这两派了。

但张綖为何要这么说呢？其实，在苏轼"以诗为词"以后，确实使得词有了很大的改变。词从原本大多只用来写风花雪月，转变成可以写其他的题材，并且可书写男性自己的心情。所以，原本只适合给歌女唱的内容，也因为这些情形，开始适合让男性唱。词不再只是女性的代言体，而是可以作"男子之音"，风格自然也就偏向阳刚，不再婉约柔媚，例如苏轼的《念奴娇·赤壁怀古》。所以俞文豹《吹剑录外集·吹剑续录》就记载：

东坡在玉堂，有幕士善讴（唱歌），因问："我词比柳词何如?"对曰:"柳郎中词,只好十七八女孩儿,执红牙拍板,唱'杨柳岸、晓风残月';学士词,须关西大汉,执铁板,唱'大江东去'。"公为之绝倒。

这段话的意思是说,柳永的词适合年轻的女孩来唱,但像苏轼《念奴娇·赤壁怀古》这种词,就只适合由雄壮的大汉来演唱,这自然也是因为词的内容较为阳刚的缘故,所以不适合女歌手。

苏轼以后,愈来愈多词人开始作这类较为阳刚的词,但与此同时,也有许多人发现,豪放的词跟曲调会有"不合"之处,因为当时流行的曲调,大多还是适合婉约柔媚的内容,突然换上了豪放阳刚的词,难免会有格格不入的情形。就好比我们将杨丞琳《暧昧》这样轻柔缓慢的曲调,配上五月天《入阵曲》激昂的歌词,一定会有违和之感。而如果要替豪放词重新谱一个适合的曲子,又碍于会作曲的人其实比较少,所以很难实行,最后就变成豪放词与曲调会有不协之处,甚或干脆不配合音乐了。可是,词本来就是配乐而歌的,因此也有词人开始反对这种不合音律的情形,例如李清照,坚持词还是要有自己的本色,不能违背传统。

但是,苏轼的这种特色已经逐渐流行开来了,虽然较不合乐,却扩充了词作的内容,否则词可能会愈来愈僵化,没有新意。愈来愈多词人受到影响,其中最有名的就是辛弃疾,因此后来的词坛就逐渐分成婉约、豪放两派,互相争鸣,各放异彩。但仍要注意的是,所谓豪放与婉约,其实是相对的,只是一种较为容易区分、凸显宋词两大风格差别的方式,而且都是后来的人去区分的。严格说来，不是所有的词都只能分为豪放、婉约两种风格，像苏轼虽为豪放派始祖，但他不只写豪放之词，也会写婉约的词，且有部分作品是"旷放"而非"豪放"。

延伸知识 | 苏轼的"旷放词"

前面说到,苏轼有所谓的"旷放词",但旷放是什么意思呢?其实就是心胸旷达,不受拘束之意。苏轼历经过许多挫折、逆境,可是他以一颗豁达的心和聪明的脑袋,去参悟道家、佛家思想,然后转化成自己独特而旷达的人生观,再以此写入词中,自然使得词作中有"旷放"的风格,这和辛弃疾那种豪气直爽的豪放词是不同的。

现在来看他的一首旷放词《定风波·三月七日》:

> 莫听穿林打叶声,何妨吟啸且徐行。竹杖芒鞋轻胜马,谁怕,一蓑烟雨任平生。
> 料峭春风吹酒醒,微冷,山头斜照却相迎。回首向来萧瑟处,归去,也无风雨也无晴。

此词的创作背景,在词序中就有交代,是被贬黄州后的某日,他到沙湖游玩,碰上大雨,但手边没有雨具,因此大家都觉得狼狈,只有他不觉得,到天气放晴后,便作了此词。大意是说:不要听那打在林叶上的雨声,何不吟诵、长啸着徐徐散步呢?竹杖与草鞋的轻便胜过骑马,无须害怕,就像穿着一身蓑衣任由风雨淋身,我这一生也任由困境而处变不惊。春风微寒吹醒了酒意,我感到微微寒意,山头却有斜阳在相迎。回头看看来时遇到风雨的地方,归去,无论好天气还是坏天气,都能超然面对。人生也总是有好有坏,但不因此而影响心境。

从这首词中，我们能感受到苏轼对于人生的体悟和智慧，放掉得失心，旷达地面对各种情况，毕竟人生遭遇总是变化无穷也无法掌握，只有自己的心境能够控制。这样体现苏轼豁达人生观的词，便可称之为旷放词，与婉约、豪放都不同，是苏词的一大特色，也是其他词人很难超越的。

十六　喜欢谈情说爱的宋词，能反映历史吗？

　　如果说到"诗史"，我们一定会马上想到杜甫，因为他总是用诗来记录他所经历过的历史事件，并寄予深刻的关心。但若说到"词史"，恐怕就令人犹豫了，因为，词在一开始，都是写男女情感为多，虽然在苏轼以后，更多其他的题材被写入词中，不过拿来记录历史的词作，在北宋仍属少数。然而，历经靖康之难后，长期的宋金对峙及后来蒙古的入侵，使得一些文人受到时代背景的刺激，也开始将自己对于时局的所见所感抒写在词作之中，因而能反映历史的词也就增加了。

　　能反映历史的词作在北宋虽然不多，不过还是可以举出几个例子。好的一面就如柳永的某些词作，描写了北宋初年的太平繁华景象；还有许多词人都写节庆的词，像新年、元宵、七夕、中秋等，这些词可让现代人知道，当时的节庆中有些什么风俗。

　　相反的，也有词作反映了不好的一面，而且多集中在靖康之难以后。例如宋钦宗有一首《西江月》，是写于靖康之难被俘虏之后，词中表现了他认为这次的国耻都是奸臣所害，且他与徽宗被掳之后，也没见人积极地要解救他们，所以感叹忠臣义士都不见了。还有赵彦端的《江城子·上张帅》，里面记录了南宋抗金大将张浚在淮西之战中的战争实况。而到了南宋末年，由于国家状况日渐趋下，也促使许多词人写下他们的感受，例如无名氏的《沁园春·道过江南》，写下了南宋末年，战乱频仍，生灵涂炭，朝中却奸臣当道，不管百姓疾苦等情形；曹豳的《西河·和王潜斋韵》则哀叹战争的残酷景象；汪元量的《水龙吟·淮河舟中夜闻宫人琴声》则记录了宋少帝与全太后被蒙古兵押解入燕京，以及南宋国土尽失、政权岌岌可危的境况；徐君宝妻子的《满庭芳》，也记录了她被蒙古军队俘虏、受到凌辱的经历，还有押解路途中所见饱经战火摧残的景象。所以，虽然没有一位词人会像杜甫一样，投注大量心力写出很多反映历史的作品，可是，喜欢谈情说爱的宋词，依旧是能反映出一些历史的。

这些能反映历史的词，写法也多有不同，例如辛弃疾的《永遇乐·京口北固亭怀古》、陈亮的《念奴娇·登多景楼》等，拿历史上发生过的类似事件与现在的情形做对比，期望能从历史中吸取教训，再用以分析议论他们对于时局的看法，所以词中典故用得很多，堪称是精彩绝伦的议论词。如果我们对于杜甫的"朱门酒肉臭，路有冻死骨"印象深刻，那么杨金判的《一剪梅》也写出了和杜甫一样的感触：

襄樊四载弄干戈。不见渔歌。不见樵歌。试问如今事若何。金也消磨。谷也消磨。

拓枝不用舞婆娑。丑也能多。恶也能多。朱门日日买朱娥。军事如何。民事如何。

这首词的上片,很白描地写了南宋襄樊之战时,民不聊生的状况;下片则写朝廷不顾国家,沉溺于声色之中,像"朱门日日买朱娥",便是很讽刺、写实的。而此词的风格,和辛、陈两人就不相同,是直白的叙事词。

　　所以,如果我们想看到宋朝的战争、朝廷的腐败、奸臣的佞恶、民间的疾苦等,也一样可以从词里看到,特别是南宋的词作。这表示词不仅可以像温婉的女子、豪迈的壮士,也可以像好发议论的文人、忧心国事的臣民,是可以有多种面貌的。

延伸知识 | 宋词还有哪些题材?

宋词除了表现风花雪月、伤春悲秋、历史变迁之外，还有一些很特别的题材。比方说，佛法居然也可以入词。像王安石的词作虽然不多，却有很多是讲佛法的，如《望江南》：

> 归依法，法法不思议。愿我六根常寂静，心如宝月映琉璃。了法更无疑。

这是个很奇特的现象，因为这种词跟其他词比起来，就好像和尚与美女的对比一样。但王安石会这样写，恐怕是想借着流行的曲调来宣扬佛法，让它更为流传吧！这跟入围二〇一四年金曲奖的团体"狮子吼"把佛经和R&B结合起来一样，都是佛法和流行音乐的结合。

同样可以拿来写词的，还有对长辈、朋友生日的祝贺，并趁机赞美一番对方的丰功伟业。像有位叫魏了翁的词人，就写了很多祝寿词。此外，诗可以咏物，词自然也可以，于是就有了吟咏茶、酒、梅、竹、鸟、自然风景等词。其他像旅游的纪录、人生的哲理、日常生活的琐事等，也都可以拿来当成题材。而我们在另一个单元介绍的罪状、中药名，也进入了词中。只是，一来这些题材的词可能比较少人作，二来佳作也比较少，所以有名的不多，但这些作品确实也使词增添了许多实用性和新意。

十七　唐代有边塞诗，宋代有边塞词吗？

唐代有不少出色的边塞诗，例如卢纶的《塞下曲》："月黑雁飞高，单于夜遁逃。欲将轻骑逐，大雪满弓刀"；王昌龄的《出塞》："秦时明月汉时关，万里长征人未还。但使龙城飞将在，不教胡马度阴山"；还有李颀的《古从军行》："白日登山望烽火，黄昏饮马傍交河。行人刁斗风沙暗，公主琵琶幽怨多……"；等等。边塞的人事物是唐诗中很常见的题材。那么，喜欢谈情说爱的词，也有边塞词吗？答案是有的。在唐、五代敦煌词中，边塞词就已出现不少，而目前文人词中最有名的边塞词，甚至出现在苏轼以诗为词、开拓词境之前，那就是范仲淹的《渔家傲》。

宋康定元年，范仲淹任陕西经略副使兼知延州（今陕西延安），主理对抗西夏的事务。延州是边防要地，据魏泰《东轩笔记》记载，范仲淹到了这样的边塞地区后，曾作了好几首《渔家傲》，都以"塞下秋来"作为开头，写下他对于战乱和边地的景象、国家安危以及士兵们的辛苦的深深感触，不过目前只留下这一首：

塞下秋来风景异，衡阳雁去无留意。四面边声连角起。

千嶂里，长烟落日孤城闭。

　　浊酒一杯家万里，燕然未勒归无计。羌管悠悠霜满地。人不寐，将军白发征夫泪。

　　词的开头，词人就说明了自己对于边塞异地感到陌生，范仲淹是苏州人，自然觉得边塞的秋天和家乡的秋天有着很大的不同。而"衡阳雁"是指湖南衡阳有一座回雁峰，据说大雁飞到此地后，就不再继续往南飞，而会在此过冬，等到春天才回去，所以后来又以"衡阳雁断""衡阳雁去"比喻杳无音信之意。①"衡阳雁去无留意"就是指南飞的雁子经过时，也不愿多留，暗示了边塞地区的荒凉。"四面边声连角起"，写出边地的紧张与肃杀之气。"千嶂里，长烟落日孤城闭"则写边塞地区虽辽阔，但戍守的边城却是孤独、封闭的，在这里，词人运用了对比，衬托出孤凉落寞之景。

　　上片道尽了荒凉，下片就转写自己在军中的心情了。这些景物，加上离乡背井，西夏与北宋的关系又紧张，词人的心中当然感到孤苦无依。这里没有琼浆玉液，只有混浊的酒，把酒思乡，又想到"燕然未勒"（来自"勒石燕然"。这个典故与东汉的窦宪有关。窦宪曾击败北单于，然后登上燕然山，把功绩刻在石上，后来"勒石燕然"就变成了战胜有功的比喻），但此

---

① 苏武在北海牧羊十九年，后来汉朝与匈奴达成和议时，希望匈奴将苏武释放，但单于却骗说苏武已死。之后汉朝的使者从当年担任苏武副使的常惠口中，得知苏武还活着。常惠于是教汉朝的使者对单于说，汉朝皇帝在打猎时，射下一只大雁，雁足上绑着一封书信，上面写着苏武仍在北方某处，单于无法反驳，只好将苏武放还。后来，就以"雁足""雁帛""雁书"等词，来比喻书信。

时西夏之事还未平定，归去自然遥遥无期，因此心情沉重。再听到羌笛声悠悠响起，见到北方的秋天银霜满地，更使人发愁而睡不着觉，他身为将军为此白了头发，士兵们也流下了眼泪。词到此就结束了，却留给读者无限凄凉的想象，令人唏嘘。

延伸知识｜欧阳修为何称范仲淹为"穷塞主"？

在魏泰《东轩笔记》中提过，欧阳修曾评此词是"穷塞主之词"，所以后来作了一首较为"富丽堂皇"的《渔家傲》送人，里面有"战胜归来飞捷奏。倾贺酒。玉阶遥献南山寿"的句子。为何欧阳修要这样说？这可分两个部分来看：一是北宋初期，词多半还是适合用在娱乐场合中，过于悲戚的情感容易扫兴，因此欧阳修不认同；二是当时北宋虽有西夏的纷扰，但国内还是安定祥和的，加上重文轻武的政策，朝廷间有一种忌讳谈兵的风气，如果要谈，也应该多写些庆贺捷奏、歌功颂德的内容，像范仲淹此词，欧阳修就认为缺少气势，也显不出宋朝富贵升平的声威，显得太"穷"。但范仲淹毕竟曾亲身到达这些边地，体会到军人们的辛苦，观感本就会不一样，不可同日而语。

如同前面说过的，这首词的价值就在于它出现在苏轼开拓词境之前，所以在题材方面是有所突破的，可以看成是苏词的先声。而且这首词将驻守边塞的思乡、愁苦之情表露无遗，某种程度上，仍然是保留了词适合抒情的特色。在范仲淹之后，也有不少词人写过边塞词，由此更可以见得，词能写的东西是非常丰富多样的。

十八 宋词中的"二晏"指的是哪两个人?

读宋词或相关知识时,有时会看到"二晏"这个词,这指的是北宋一对父子,也是有名的词人——晏殊和晏几道,他们又分别被称为"大晏""小晏"。

晏殊,字叔同,从小就很聪明。据《宋史》记载,他七岁就能写文章,后来以神童之名被举荐到了宋真宗面前,真宗要他与一千多个进士一起殿试,结果晏殊表现不凡,真宗很是赞赏,就赐了同进士出身。过了两天,真宗又出题考他,没想到他说:"这个题目我曾经作过,请皇上再重新出一题。"晏殊的诚实让真宗更加欣赏他,往后便加以重用。

晏殊的词风是继承南唐词风而来,尤其受到了做过南唐宰相的冯延巳的影响。他的词经常用比较平淡的语言,讲出深刻的情感,并将感性与理性做了很好的融合。他的《浣溪沙》中的句子"无可奈何花落去,似曾相识燕归来。小园香径独徘徊"呈现出他对生命不断循环的体悟,以及生命总是孤独的感触。而另一首《浣溪沙》中的"满目山河空念远,落花风雨更伤春,不如怜取眼前人"虽由登高来写怀念某人的情思,再述及落花和风雨使人因伤春引起了伤心,可是眼前的事实是无法改变的,春天再美好也会逝去,就像过去与那人在一起的时光,再怎么美好,也已经不再了,所以既然无法改变眼前的事实,何不"怜取眼前人",回到现实中,把握并珍惜现在所拥有的。这两首词,都能反映出晏殊在抒发感情时,背后那种理性的、对人生道理的体悟,这也是他词作的最大特色。

再说到晏几道,他字叔原,号小山,是晏殊的第七个儿子,也是最小的儿子。晏几道遗传了父亲写词的才华,也因为父亲的关系,从小过的便是锦衣玉食的生活。但就在他十八岁那年,晏殊过世了,从此家道中落,而他又个性孤傲,不愿意去求过去与晏殊交好的人们,也不喜欢官场中的钩心斗角,所以一生只做过几任小官,生活经常是很困顿的。

正因为曾历经这样的起落,他的词作中经常会有对过往美好时光的追忆,例如这首脍炙人口的《临江仙》:

> 梦后楼台高锁,酒醒帘幕低垂。去年春恨却来时。落花人独立,微雨燕双飞。
>
> 记得小蘋初见,两重心字罗衣。琵琶弦上说相思。当时明月在,曾照彩云归。

这首词的大意是说,酒醉后从梦中醒来,见高楼紧锁,帘幕低垂,想起去年春天的离恨,独自站在纷纷的落花之中,微雨中见有燕子双飞,在落花微雨、燕双飞之景中,更显出寂寞之情。还记得当时初见小苹①，她穿着有两重心字图案的衣裳，用琵琶诉说相思，而至今仍在的明月，当时曾照着她仿佛彩云归去的身影。这里用易散的彩云暗喻"好景不常在"，再用明月对比"物是人非"之感。整首词意境凄凉动人，"落花人独立，微雨燕双飞"虽是借用五代诗人翁宏《春残》诗里的句子，但是与词境融合得相当好，所以一直是名句。

二晏的词风基本上是承袭五代的花间词风，风格偏向婉约，但是晏几道词中所写的对象是确有其人的，不像以往词人所写的女子，是没有固定对象，或者对象不明确的，因此感情更加深刻，也更加个人化，这是小晏词的一种特色。

---

① 晏几道写个人词集《小山词》的序时，曾说与他交好的沈廉叔、陈君龙家，有莲、鸿、苹、云四个家伎，他们常设宴聚会，然后写些词给这些家伎唱，度过了一段美好的时光，这里的"小苹"就是其中一位家伎。

延伸知识|"词中三李"指的是谁?

"词中三李"指的是李白、李煜和李清照。李白和杜甫是唐诗的最高峰,成就斐然,相传李白也写词,被称为是"百代词曲之祖"的《忆秦娥》(箫声咽)、《菩萨蛮》(平林漠漠烟如织)这两首词,据说就是他写的。但是,词在初唐萌芽,盛唐才发展不久,而这两首因为艺术性很高,很像是词体发展成熟之后的作品,因此也常被怀疑作者其实不是李白。不过,这一直都没有确切的答案。

至于李煜,堪称"词中之帝",而李清照作为"词中之后"亦当之无愧。这两人的生平与词作也有类似之处,他们都曾有过美好的时光,但后来遭逢巨变,词作的内容、风格也因此有所改变。这三个人所处的时代,分别是词开始发展的盛唐,各有所成的五代十国和词鼎盛繁荣的北宋,走的又是传统婉约词风,因此就被并称为"词中三李"了。

十九　晏殊那句"似曾相识燕归来"怎么来的？

前一个单元所提到的晏殊，在北宋初期是个很重要的词人。他有一首代表作《浣溪沙》，是这样写的：

> 一曲新词酒一杯，去年天气旧亭台。夕阳西下几时回。无可奈何花落去，似曾相识燕归来。小园香径独徘徊。

其中"无可奈何花落去，似曾相识燕归来"是很有名的句子，但据说这两句并非完全由晏殊写出，而是由他与王琪一同完成的。王琪是扬州府江都县尉，有一次，晏殊经过扬州，在大明寺停留，大明寺里有一块供文人诗客写诗的诗版，晏殊发现里面有一首诗写得很好，打听之下才知道是王琪所写。于是晏殊请王琪来吃饭，吃完饭后还一同到池边散步聊天，聊到晏殊有个习惯，就是会将平时想到的好句写在墙上，可是有一句"无可奈何花落去"，他一直不知道下面要接什么。王琪就说，何不接"似曾相识燕归来"？这让晏殊大为赏识，后来晏殊就把这两个对句写在《浣溪沙》中，而王琪也获得拔擢。

虽然，相传这两句不是晏殊独力完成的，但仍不损这首词的价值。上片的意思是说，一曲新歌词配上一杯酒，而这天气和亭台却和去年的旧日时光一样。可是，虽然很多东西好像是每年、每天都一样的，但其实也都不一样，就像每天都有夕阳西下，但今天的太阳落下了，就不会再回头了，明天还是有夕阳，但明天的夕阳并不是今天的夕阳。下片则说，年年都会花落，这是无可奈何的事，但也年年都会有旧时相识的燕子归来，生命的起落总是在循环着，而我独自在园里的花径中徘徊，有些徬徨，但也是对这些道理的思考。

这首词表面写得好像是伤春的情怀，却蕴含着对生命的体悟。很多事情总会一再重复，但是每次的重复，都和上次不同；而每次的重复，有令人无奈的凋零，也有令人欣慰的再度重逢，万事万物，就是一直这样的循环，却又伴随一些无常。我们对于生命的道理、无常，总是感到有些彷徨，而且，人生在世都是孤独的，所以晏殊才会说"独""徘徊"。"徘徊"又带有一种来回走动思考的感觉，这也是说，在面对无常时，唯有好好去思考其意义，才能找出自己的路。这首词有对生命的感伤，也有对生命的思考。结构上，每片的前两句都是写生命的循环，后一句则富有哲理，是首意境深刻的词。加上那两句名句，这首词于是成了晏殊的词中最有名的一首。

延伸知识 | 什么是"集句词"?

"集句词"就是撷取前人写过的句子,重新组成新的词作。句子的来源,可以来自诗、词、经书,甚至是词牌名。虽然以现在的眼光来看,是不太尊重知识产权,看似抄袭,但是真要作"集句词"也不是容易的事。首先,词毕竟有较为严格的格律,每一句都有它的平仄,所以要从众多句子中,找出合乎平仄的,再集结成一首文意通顺的词,并不容易;再者,古时候并没有那么多工具书和搜寻引擎,所以句子从哪里来,也很考验作者平日读书的多寡以及记忆力。

苏轼和辛弃疾都写过集句词,像苏轼的《南乡子·集句》,而且他还会在每个句子下注明作者:

怅望送春怀(杜牧)。渐老逢春能几回(杜甫)。花满楚城愁远别(许浑),伤怀。何况清丝急管催(刘禹锡)。

吟断望乡台(李商隐)。万里归心独上来(许浑)。景物登临闲始见(杜牧),徘徊。一寸相思一寸灰(李商隐)。

而辛弃疾所写的集句词《踏莎行·赋稼轩集经句》,则是以《论语》《易经》等经书里的句子入词,也颇合乎他"以文为词"的风格。

虽然词人写词,不一定都出于原创,也会有所袭用,但重要的是能否将这些袭用的东西再融铸成自己的东西,产生新意,若真能做到,也不失为一种创作的方式。

集句最初是从诗开始的,一直到现代,流行歌曲中也有集句的现象,如《刺激》就是撷取各首歌曲中的一句,连同音乐和词,再组成一首新歌,可见集句真是历久不衰。

二十　哪些词人因为词写得好而有绰号？

　　古时常有诗人或词人，因为作品中的某一句写得特别好，就被冠上与那个句子相关的绰号，很是风雅。在宋朝，因为这样而有绰号的词人很多，例如张先、宋祁、贺铸、秦观等人。其中拥有最多绰号的，要属张先了。

　　张先，字子野，北宋词人。早期的词多为小令，文人很少创作篇幅较长的词，但柳永与张先开始提高了这类词的创作率。此外，为词作写序，用以表明写作动机、背景交代等，也是从张先开始的，这一点影响了苏轼和后来的词人。所以，在词的发展历程上，张先向来被视为具有承先启后的作用。

　　而他的绰号是怎么来的呢？胡仔《苕溪渔隐丛话》中说："《古今诗话》有云，有客谓子野曰：'人皆谓公张三中，即心中事、眼中泪、意中人也。'公曰：'何不目之为张三影？'客不晓。公曰：'云破月来花弄影''娇柔懒起，帘幕卷花影''柳径无人，堕絮飞无影'，此余生平所得意也。"原来，张先有一首词为《行香子》，里面有"奈心中事，眼中泪，意中人"的句子，意指心中有无限心事，都化为眼中的泪水，这一切都是因为那负心的意中人，因为连用了三个"中"，却都用得很好，所以就被取了个"张三中"的绰号。但张先知道了以后，反而觉得自己更适合叫作"张三影"，因为他擅长写"影子"，所以在《天仙子》《归朝欢》《翦牡丹》中写过上面三个例句，这三个"影"是他平生的得意之作，因此认为"张三影"更加贴切。然后，也因为"云破月来花弄影"这句实在太有名，再加上张先曾任都官郎中，所以他又有个绰号叫作"云破月来花弄影郎中"。此外，欧阳修也因为喜爱张先的《一丛花令》，就以当中的佳句替张先取了"桃杏嫁东风郎中"一号。

曾和欧阳修共同编撰《新唐书》，又担任过工部尚书的宋祁，因为其《玉楼春》一词中有"红杏枝头春意闹"这个名句，使他有了"红杏枝头春意闹尚书"的绰号。有一次，宋祁慕名去拜访张先，请人通报时，故意不说自己是谁，只请通报的人和张先说，有个尚书想见"云破月来花弄影郎中"，张先一听，立刻就知道是"红杏枝头春意闹尚书"想见他。其实，这两句有异曲同工之妙。清代著名的《人间词话》的作者王国维，就认为这两句中的"弄""闹"字用得极好，把词里的境界全带出来了。确实，这两个动词一用，就把景物拟人化，使之生动了起来，构成一幅美好的画面，也难怪能让张先、宋祁获得这样风雅的绰号。

另外，贺铸因为他的《青玉案》（又叫《横塘路》）中有"试问闲愁都几许。一川烟草，满城风絮。梅子黄时雨"便被称为"贺梅子"；秦观则因他《满庭芳》中有"山抹微云，天连衰草"之句，被苏轼称为"山抹微云秦学士"。像这样有佳句而被取绰号的风气，也可以反映出词从娱乐场合登向高雅文学的转变，文人逐渐不再视词为"小道"，反而能将写出好词引以为荣了。

延伸知识｜张先的风流轶事

张先一生富贵平顺，也很长寿，活到八十九岁，风流之事颇多。相传他曾经与一个小尼姑偷偷交往，但因遭到寺里老尼姑的反对，后来两人并未有结果。张先于是写了那首欧阳修所爱的《一丛花令》，里面写道："沉恨细思，不如桃杏，犹解嫁东风。"这首词是一首闺怨词，写女子对远去的恋人苦苦相思，仔细想想后感叹，我的境遇还真不如桃花与杏花，至少它们还知道及时嫁给东风，随风而去，不至于将美好的青春年华完全辜负。

后来，张先在八十五岁时，竟娶了一个十八岁的小妾。苏轼就作了一首《张子野年八十五，尚闻买妾，述古令作诗》给张先，里面有两句说："诗人老去莺莺在，公子归来燕燕忙。"这是用了唐代元稹《莺莺传》里张生与崔莺莺，和汉成帝与张放、赵飞燕的典故，借由两个古代姓张的人，来形容张先，而"莺莺燕燕"也变成了妻妾、美女众多之意，这两句诗，自然是在调侃张先的艳福不浅。不过，大约过了四年，张先就去世了。

这两个故事，是典型富贵子弟的风流韵事，即便用现代的眼光来看，还是会引发许多争议，实在够"八卦"的。不知道该说张先是过于开放，还是勇于突破传统观念？

二十一　欧阳修为何在科考时把苏轼从第一变第二？

欧阳修，字永叔，号醉翁，又号六一居士，为唐宋八大家之一，兼工作诗、作词，是知名词人，和他的老师晏殊一样，都曾做到很高的官，也都非常会写词。欧阳修是一个很提携后进的人，在认识苏轼之后，非常欣赏他，也不怕苏轼将来会给他造成威胁，因而传成佳话。只不过，这段佳话中还有个有趣的波折。

北宋嘉祐二年，苏轼二十二岁，参加进士考试，欧阳修刚好是当时的主考官。苏轼写了一篇应试文章叫《刑赏忠厚论》，欧阳修大为赞赏，想要拔为第一。但那场考试中，欧阳修的门生曾巩也有参加，只是进士考试时，用的是糊名制度，考生的姓名等个人资料都是保密的，主考官看不到（就像现代考大考时，阅卷老师也不会知道考生姓名一样）。欧阳修怀疑这篇可能是曾巩写的，怕人家说闲话，认为他偏心自己的学生，另外，他看到这卷子上引用了一段典故，自己是个饱读诗书的人，却不记得看过这典故，怕是考生写错了，于是就把这篇文章从第一变成第二，另一篇也写得不错的，则置为第一。

没想到，发榜以后，得第一名的居然是曾巩，而那篇本来该得第一的文章，原来是苏轼所写。欧阳修一方面替自己的门生高兴，一方面却又觉得苏轼有些可惜。照当时的习惯，发榜后，考生要寄信给主考官表明感谢，并拜见主考官，苏轼也不例外，他写了一封感谢信给欧阳修，欧阳修看完之后，便对别人说："吾当避此人出一头地。"意思是长江后浪推前浪，我这老人该早点退位，留位置给这个年轻人出人头地。当苏轼与欧阳修见面时，欧阳修问他卷子里那段典故的出处为何，结果苏轼说，那个典故是他根据史书记载推敲当时情况，认为这是"想当然耳"。欧阳修听了，非常佩服，认为他不是读死书之人，也善于运用资料，还对自己的儿子说："三十年后，不会再有人提起我的名字，但大家都会知道苏轼。"可见欧阳修对苏轼的欣赏，确实不在话下。

欧阳修在仕途中提携了苏轼这颗超级新星，同样地，他的词风也影响了苏轼。清末冯煦的《蒿庵论词》说欧阳修的词是"疏隽开子瞻（苏轼）"。意思是说，欧阳修虽然曾位高一时，但也有被贬谪的时候，当他被贬时，虽然觉得愁苦、不如意，但他仍想办法去排解、转念，让自己保持豁达的心情，有时他会借由游山玩水来排遣，再写到词作里面，也就是冯煦所讲的"疏隽"。这点影响了苏轼，苏词中也有许多借着接触自然来排解失意的特点。

延伸知识｜唐宋八大家的恩怨情仇

明代文选家茅坤曾编辑了一本《唐宋八大家文钞》，里面收录了唐代的韩愈、柳宗元，及宋代的欧阳修、苏洵、苏轼、苏辙、王安石、曾巩共八人的文章，"唐宋八大家"也因此得名。

这八位文人，其实彼此间都有着深厚或复杂的关系，像唐代的韩愈和柳宗元，他们在创作散文这方面，有共同的理念，虽然经常分隔两地，却一直有书信来往，维系了一辈子的友谊。

而宋代的六大家，关系就比较复杂了。三苏是父子关系，苏轼、曾巩与欧阳修的关系前面也已说明，但其实欧阳修除了赏识苏轼之外，对苏洵也是赞誉有加的。苏洵年轻的时候不用功，一直到二十七岁，才发愤读书。嘉祐元年时，他带苏轼、苏辙两兄弟上京，先去拜谒欧阳修，同时把自己所写的文章拿给欧阳修看，欧阳修一看惊为天人，激赏不已。再加上后来苏轼、苏辙同时考上进士，所以苏氏父子因为欧阳修的关系，在当时曾名噪一时。而大器晚成的父亲能培养出年少有成的孩子，也说明了这三人都是天资相当聪颖的。

不过，另一个文人王安石，和他们的关系可就没有这么好了。王安石推行新法，激起朝廷中的反对声浪，文武百官分裂成新党、旧党两大派，新党以王安石为首，旧党则以司马光为首。欧阳修、三苏等人是亲旧党的，像苏轼就曾因看出弊端而反对新法中的许多条款，与王安石也常因政治理念不合而唇枪舌战，而苏洵也写过文章暗骂王安石。但政治归政治，文学归文学，有时还是能看到王安石与苏轼互相称赞对方的作品。后来两人也和解了。如果没有政治的纷扰，只谈文学与学识，或许他们会成为知己吧！

二十二　欧阳修的"人生自是有情痴，此恨不关风与月"表达了怎样的人生观？

"人生自是有情痴，此恨不关风与月"这两句话，一直是宋词中脍炙人口的名句。这两个句子出自欧阳修的《玉楼春》：

> 尊前拟把归期说，未语春容先惨咽。人生自是有情痴，此恨不关风与月。
> 离歌且莫翻新阕，一曲能教肠寸结。直须看尽洛城花，始共春风容易别。

词的上片是说，在一个宴席上，词中主角想要告诉那美丽的女子，自己离开后何时会再回来，但还没开口，女子如春般美丽的容颜，就已先惨淡了。于是主角感慨：人生来就是有感情的，当我们心中因为分离而有憾恨时，这种感情是不由自主产生的，与外在的任何事物，如风啊月啊的，都没有关系。虽然我们也会被外在事物所影响，但真正的关键还是在于自己的心。

下片继续说，分离的宴席上，离别的歌曲令人伤心，所以不要再写新的离歌了，原本的就已经够让人肝肠寸寸纠结在一起了。可是，既然离别是人生无法避免的，那我就要在这之前，好好享受当下的美好，就好像我要看尽洛阳现在正盛开的花，看到花都凋谢了，我才要甘心地向春天说再见。

这首词虽然写的是离别，可是却有欧阳修个人对于人生遭遇的看法。人天生就有情感，人生也一定会遇上离别，就像俗谚说的，"天下无不散的筵席"，这些都是不能避免的问题。既然无解，那只好把握当下，这样的话，就算那不可避免的一天到来，也至少能把遗憾降到最低了。

因此这整首词也可以做另一种解读。"人生自是有情痴，此恨不关风与月"这两句话，可用来解释人该如何面对痛苦。有的人在面对痛苦遭遇时，会往自己的本心去探讨，再找寻解决之道，也许寄托于信仰中，也许是找排遣的方式，但都是希望自己不要那么容易受外界的影响。有的人却不是如此，例如当一个人失恋，他会觉得世界变得好灰暗，但其实世界依然没有改变，地球也还是继续自转，因为对世界来说，你的痛苦与它无关。所以我们也可以反过来看，人自会有痛苦，可是对于这世界的所有外物来说，人的痛苦与它们都是不相干的，但我们仍要活在这世界上，因而伤心过后，还是得打起精神面对，再回到现实世界中，就像此词下片的"直须看尽洛城花，始共春风容易别"一样。这样的解读，或许并非欧阳修的本意，但由他如何看待离别这件事，还是能看出他的一些人生态度。

还记得《少年派的奇幻漂流》这部电影吗？在和老虎理查·帕克终于上岸后，派非常感谢老虎，因为他觉得，如果没有老虎激起他的求生本能，他可能活不下来，但是老虎最后头也不回地走了，就好像从来没有认识过派一样。派的心里应该是失落的，但是，老虎不就像风与月一样？不就像无论如何仍继续运行的世界一样？派心中有再多感慨、情感，对老虎而言，都是与它无关的。这很残酷，但也很真实，若用这个情境再去理解"人生自是有情痴，此恨不关风与月"，我们便也不得不赞叹，欧阳修的人生观照仍是有道理的。

最后，这部电影有几句经典台词："我猜，人生到头来就是不断地放下，但遗憾的是，我们却来不及好好道别。"这一点正与"直须看尽洛城花，始共春风容易别"呼应，如果怕来不及好好道别，就把握当下，免得后悔。这也是欧阳修此词的一个特色：用积极、豁达的态度去面对每个问题，才是人生继续往前的动力！

延伸知识 | "云雨"是什么意思?

在"此恨不关风与月"中,由于有"风月"两个字,所以也有人把它解释成"风花雪月",也就是男女情爱的意思,毕竟宋词中这种描写情爱的题材非常多。但这样解释又与"人生自是有情痴"一句矛盾。其实,"风月"一词有几个意思,可指清风明月,也可指男女之情、男女欢好,或指从事色情交易的场所等。而欧阳修这首《玉楼春》中"风与月"的解释,比较偏向第一个意思,并再进一步用清风明月代表外在的事物。

至于指男女情爱之事的词,除了"风月"外,还有"云雨",这个词常被拿来指男女欢好,而它的由来,和宋玉所写的一篇《高唐赋》有关。这篇赋中提到,楚怀王曾游巫山,因为疲累而睡着,梦中遇见一名女子,女子说她是巫山之女,听说楚怀王来了,愿和他共枕而眠,于是楚怀王就和巫山之女缠绵了一番。此女临走前,对楚怀王说:"我在巫山南面最高的地方,早晨为朝云,黄昏为飘忽的行雨。"后来,"云雨"一词就变成男女欢好的代称。不过,这个词也会被拿来比喻恩泽、分离,或只是表示云和雨这几种意思。

中国的某些词汇除了字面上的意思以外,常常又另有象征意义或延伸的意思,就跟"风月""云雨"一样。我们必须要了解这些词出现时究竟是何种意义,尤其是读诗词时,要与前后文合看,根据情境和脉络去判断,这样才不会误解了诗词中的意思。

二十三　如果宋代也有金曲奖，谁会得最受欢迎词人奖？

北宋有位词人，名叫柳永，他所写的歌词，在当时可说是广受大众欢迎，流传范围之广达到西夏，连大文豪苏轼也受过他的影响。叶梦得的《避暑录话》中，就有一句话说："凡有井水饮处，即能歌柳词。"意指有人聚集的地方就流行着柳永的歌词，可见当时柳词之盛行。

柳永，本名三变，后改名为永，字耆卿，因为在家族中排行第七，所以又叫柳七。他年轻的时候，一直在首都汴京生活。当时的汴京非常繁华，到处都有歌楼酒馆，他流连其中，加上本身具有音乐和作词的才气，因而逐渐成为红极一时的词人。在当时，只要有新的音乐出现，乐工一定会先求柳永帮忙填词，然后才传唱出去，这就好像如果某个歌手能和知名作曲家或作词人合作推出新歌的话，这首歌就更容易红一样。

除了乐工，歌伎们也争相希望能得到柳永创作的词，一方面是因为柳永的名气，另一方面则是因为他和歌伎们的关系都不错。当时在歌伎间还流传着一段话："不愿君王召，愿得柳七叫；不愿千黄金，愿中柳七心；不愿神仙见，愿识柳七面。"可见他这个人与他的词，红到发紫，所以"最受欢迎词人奖"可说当之无愧。

然而，他在作词这个领域虽是如鱼得水，仕途方面却多舛难行。其实，柳永来自官宦世家，家中的男性几乎都是进士，但是柳永却常与歌伎亲近，流连歌台舞榭之中，作的又是被当时文人视为"不登大雅之堂"的词，而且很多还写得很通俗露骨，因此备受读书人的轻视。他的个性也比较狂放，例如他曾在考场失意时，写了"忍把浮名，换了浅斟低唱"，意指愿把如浮云般的功名，换成喝酒唱歌的生活。虽然接下来他还是去考试，却不知他写的那两句词早就传到皇帝面前，皇帝就叫他只管去填词，不用来求这"浮名"了。可见他在皇帝、文人心目中，形象却是黑得发亮。

后来，一直到大约五十岁时，他才成为进士，也做了官，但仍不太得志，据说过世时穷困潦倒，丧葬费用还是歌伎们凑钱才有着落。综观他的一生，有人批评他放浪堕落、人品不好，骨子里根本是热衷名利的；但用另一个角度来看，他毕竟生于仕宦之家，或许仍受传统思想的影响，认为这才是"务正业"，而且从他的其他作品也可以看出他对社会问题的关怀，甚至后来在做官时，政绩是受到肯定的，只因性格和才华与传统思想多有抵触，才会造成他的人生有这许多矛盾。

有趣的是，他的词也与他的人一样矛盾。柳永的词历来评价两极，有部分作品过于俗艳，但也有些作品是很好的。可是有时不得不承认，俗艳的口味比较大众化，所以在当时才这么受欢迎。但他毕竟是文人出身，灵魂中也有文人的一面，随着年纪渐长，也就不再如年轻时这么放荡不羁了。他对人生的感慨变多，也使得他写出许多优秀的作品，开创了另一条宋词创作之路。

延伸知识 | 柳永与歌伎的关系

柳永与歌伎的关系很密切、友好，其实也可说是互相帮衬。根据宋代罗烨的《醉翁谈录》记载，只要是柳永出品的词，都相当受欢迎，而歌伎们也会反过来，以金钱财物回报。还有一次，柳永经过一间酒楼时，里面有个才艺出众的歌伎叫住了他，先是责备柳永久未出现，然后就向柳永索词。柳永拿出一纸花笺，正要作词时，另一个歌伎刘香香出现了。柳永想藏起花笺，却仍逃不过刘香香的眼睛，于是刘香香便要求柳永作词的时候，把自己的名字写进去。没想到这时，另一个歌伎钱安安也出现了，于是三个人一起看着柳永作词。柳永应要求写了首《西江月》，把三个歌伎的名字都写进去，而内容就是些打情骂俏的句子，但三个歌伎还是高高兴兴地设宴款待他。

不过，也就是因为柳永常作较俗艳的词给歌伎唱，使得自己的名声变得不太好。有一次，他去拜谒宰相晏殊，希望受到提拔，但晏殊问他："贤俊作曲子（词）么？"柳永回答："只如相公亦作曲子。"晏殊就说："殊虽作曲子，不曾道'彩线慵拈伴伊坐'。"然后拒绝了柳永。像柳永词作中"彩线慵拈伴伊坐"这样的句子，就是常为文人所诟病之处，因为太直白、通俗，一点余味也没有，但此词若和刚才那首《西江月》相比，恐怕还算文雅的了。其实，因为他常在酒楼歌馆流连，与歌伎关系密切，如果都写文雅之词，大概也不太适合。尽管如此，还是不能抹灭柳永对于词的推广和流传所做的诸多贡献。

相传柳永死后，不仅是由歌伎出资合葬，之后每年清明，她们还会相约到他的坟上洒扫祭祀。这在后来还成为一种风俗,被称为"吊柳七"或"吊柳会",直到南、北宋之交才逐渐消失。

二十四　为什么苏轼的名字和车有关？

苏轼，字子瞻，号东坡居士。他大概可以说是宋朝，甚至是整个中国历史上最有名的文人了，而他的词，更是千百年来传颂不衰。但相信不少人都曾好奇过，他的名字为何会和车子有关呢？

苏洵曾经写过一小篇文章《名二子说》，说明他给苏轼、苏辙两兄弟取名的用意。关于苏轼，他是这样说的："轮、辐、盖、轸，皆有职乎车，而轼独若无所为者。虽然，去轼则吾未见其为完车也。轼乎，吾惧汝之不外饰也！"这段话的意思是说：组成车子的各个部位，像轮子、车辐（把车轮中心的圆木与轮圈连接起来的直木，呈辐射状）、车盖（车上遮蔽的篷子）、车轸（车厢底部的横木），都是有其功用的，少了其中一个，车子便不能行走。但"轼"（车前可供依凭的横木，古人乘车时，会站立以手扶轼，表示敬意）却好像是可有可无的，因为少了它也不会影响车子的运行，可是如果把轼拿掉，车子也就不完整了。如果把车子比喻成人生，那么聪明、才智、学问等就像轮辐盖轸一样，是实用的；至于像礼貌这样的处世哲学，虽然感觉不如聪明等实用，却是不可缺少的，因为一个人如果太过聪明外露，不懂谦虚掩饰或过于自满，自然就容易树大招风，招来许多不必要的麻烦。苏洵正是了解到苏轼实在太聪明，希望他懂得适当地修饰自己，注意处世的态度，才会给他取这样的名字。而且，"轼"在车上的重要性比较不高，所以这里也有一点要苏轼懂得低调的意味在。

　　古时候的人，除了名以外，还有字，且名与字的意义通常会有关联，苏轼的字"子瞻"也不例外。《左传·曹刿论战》里有句话说："下视其辙，登轼而望之。"意指登上轼远望，"瞻"这个字就是取"远望"的意思，希望苏轼能永远向前看，也期许他能受人仰望，有一番成就。毕竟，以苏轼的才华来说，必然还是能出人头地的。

　　给孩子取名，向来是父母的重大责任，因为名字就像是给孩子的祝福或期许，而且很多人都相信，名字取得好，对一个人的命运也会有帮助。从《名二子说》中，我们可以看出苏洵对儿子的取名不仅用心，也是充满期许和叮咛的。但是，苏轼长大后到底有没有如苏洵所盼望的那样呢？综观苏轼的一生，他确实是遇上不少忌妒他才华的人，而他过于聪明，为人又正直敢言，所以很多东西往往看得太明，又无法得过且过，也确实给自己带来不少麻烦。但幸好他是能看得开的人，在遇到困境时，也能尽量保持豁达乐观。所以，他的处世哲学，重点也许不是放在低调、内敛，因为这和他天生的性格不符，但他也不会一味地自满骄傲，而是真实地做自己，并试图找出自己人生的出路和价值，有自己的一套智慧。

延伸知识丨苏辙的"辙"又有什么意涵？

苏洵的《名二子说》中提到："天下之车，莫不由辙，而言车之功，辙不与焉。虽然，车仆马毙，而患不及辙。是辙者，善处乎祸福之间，辙乎，吾知免矣！"辙，指的是车行过后轮胎的痕迹。而苏洵为何要用轮胎痕迹来给苏辙命名呢？原来，苏洵认为，路是车行的痕迹走出来的，虽然如果讲到车子有什么功用，往往不会论及这些痕迹，可是要是车子出了车祸，车翻马死，车行的痕迹也不会受到什么损害，所以说辙善于处在祸福之间，能避开凶险。

更进一步说，车痕多了会开出一条路，也就表示这条路是比较平坦、安全的，所以只要循着这条路走，大概就不会有太大的问题。而"由"这个字，便有遵循之意，所以苏辙字子由，就是希望他平顺地遵循着前人走出的平坦之路，免于灾祸。

和苏轼相比，苏辙的人生确实比较平顺些。他的才华、表现虽然没有苏轼亮眼，但他的低调温和也让自己免于许多麻烦。苏洵了解苏辙的才性，所以不要求他大富大贵，只期许他一生能平顺地度过，就算平凡一点也没有关系。从这里，我们也能看出苏洵教育孩子的智慧，因为他写《名二子说》是在考科举失败之后，此后他死了心，转将希望寄托在儿子身上，但他了解适情适性地教导孩子是件重要的事，而不是强将自己的观念，或自己对成就的追求加在孩子身上，这点是相当难得的。

二十五　赤壁之战的千军万马，只为女人？

唐朝诗人杜牧曾作一首诗《赤壁》，里面有两句是这样说的："东风不与周郎便，铜雀春深锁二乔。"意思是说，如果东风没有给周瑜方便的话，那江南美人大乔、小乔，就要被深锁在曹操所建的铜雀台中了。在历史所记载的赤壁之战中，孙刘联军能够以少胜多的关键，就在于东南风助长了他们的火攻，使得曹操大败，但并未提及二乔。所以，诗句中二乔成为曹操俘虏的事，是杜牧根据这段历史，自己再想象而成的，也算是较早将小乔与赤壁之战联想起来的作品。而后，最有名的要属苏轼的《念奴娇·赤壁怀古》了。

《念奴娇·赤壁怀古》可说是苏轼作品中最有名的，不仅写得好，也颠覆了词多写艳情的传统，所以名气非常大。但是，也有人不认为这首词是经典，而问题就出在词里的小乔。例如清代的沈时栋就曾在他编选的《古今词选·选略》中说，苏轼此词虽脍炙人口，但"小乔初嫁了，雄姿英发"却是"白璧微瑕"，因为周瑜本来就雄姿英发，怎么会是等小乔嫁给他以后才这样的呢？而历来许多读者在看这首词的时候，也不免会疑惑，小乔为何突然出现在这里？因此对于这两句话的解释，也就产生了不同的看法。

有说法是将"小乔初嫁了,雄姿英发"跟杜牧的想象联结,解释成因为曹操此战还有得到二乔的目的,所以打败曹操,使娶得小乔的周瑜越发得意。另一种说法,则是苏轼作此词的时间,差不多是他将朝云纳为妾时,因为也有新婚甜蜜得意之感,所以此处写出小乔,来衬托周瑜的春风得意。不过,无论怎么解释,都要注意到一个重点,就是赤壁之战时,周瑜和小乔并非新婚。以苏轼之博学,他未必不知道此点,可能和杜牧一样,也是运用文学家的想象罢了,为的是营造出周瑜的功业卓著的形象,所以小乔一定是用以衬托周瑜的。周瑜在此处愈是意气风发,就愈能呼应前面的"千古风流人物""一时多少豪杰",也就愈能带出即便是这样的人物,也难逃"浪淘尽"的命运,所以才会有"人生如梦"的慨叹。

《三国演义》第四十四回中,诸葛亮在说服周瑜与之联军时,故意说曹操有一心愿,便是把江东二乔置于铜雀台,以乐晚年,周瑜因此大怒,更加痛恨曹操。这或许正是受了杜牧与苏轼的影响。可是,不论是杜牧、苏轼还是罗贯中,把二乔与赤壁之战联想在一起的情节,其实与历史不符,我们只能说,这或许正是文学家浪漫的一面。而在曹操被冠了"醉翁之意在二乔"的想象之后,也就难免让人觉得,这场赤壁之战的千军万马,是否真的只为了女人?

延伸知识｜《念奴娇·赤壁怀古》的雄豪与旷逸

《念奴娇·赤壁怀古》全词如下：

> 大江东去，浪淘尽、千古风流人物。故垒西边，人道是，三国周郎赤壁。乱石穿空，惊涛拍岸，卷起千堆雪。江山如画，一时多少豪杰。
>
> 遥想公瑾当年，小乔初嫁了，雄姿英发。羽扇纶巾，谈笑间、樯橹灰飞烟灭。故国神游，多情应笑我，早生华发。人生如梦，一尊还酹江月。

上片的开头，就先展示了一幅壮阔的场景，说那滚滚大江水往东流去，浪花冲洗了多少千古英雄人物。在旧时堡垒的西边，人都说那曾是三国赤壁之战的地点。陡峭的石壁好像要穿破天际，汹涌的波涛拍在岸边，就像卷起了千堆雪花一般。那江山就像图画一样，一时间，曾经出过多少豪杰。下片转而写周瑜，苏轼遥想当年周瑜的样子，才刚与小乔新婚，是多么英姿焕发，手拿羽扇，头戴纶巾，在谈笑之间，就使敌军尽数歼灭。假如当年的周瑜如今魂魄重游故国，应该会多情地笑我，怎么这么早就长出了白发。人生真如一场梦一样，想到这里，我就拿了杯酒，往江中洒去，以祭江中之月。

这首词以怀想历史为基调，由描绘周瑜的英雄形象写来，也可看出苏轼期望能像周瑜一样建功立业，可是，虽有雄豪壮志，如今却白发已生，还一事无成。再看历史上，无论多显赫的英雄，最终仍旧敌不过时间而逝去，只有不受时间影响的明月、长江，才是真正长久的。他没有因此消沉，反而把自己超脱出来，去看那更为永恒的东西，去悟出更多人生的道理，从此也就更能看出苏轼的旷逸胸怀。而这种精神正是使此词能历久不衰的原因。

二十六　苏轼是在怎样的心情下，写出"拣尽寒枝不肯栖，寂寞沙洲冷"？

宋神宗元丰二年，苏轼四十四岁，这一年发生了一件大事，让苏轼在鬼门关前转了一圈，而这两句词也正和这件大事有关。

当年，苏轼刚调任到湖州，依照惯例，官员到任时要上谢表给皇上，感谢皇帝的知遇之恩，苏轼也写了谢表给神宗，但部分内容被认为有讽刺新法和某些官员之嫌，就被他的政敌拿来大做文章。加上他曾写过一些描述民生疾苦、批判错误政策的诗，这些作品也以无礼于皇帝、恶意毁谤朝廷等罪名，一起由御史（在宋代主掌官员之弹劾）告发到神宗面前。神宗爱才，没有马上就严惩，只是先交由御史审办，于是苏轼被革去官职，押回京城，关入狱中审问。情况一度很危急，他写的诗或许不能说完全无辜，但也有不少是政敌们非要置他于死地而故意抹黑、牵强附会的。

所幸，有几个转折救了他。首先，他的长子苏迈每天都会到狱中送饭，苏轼与他约定，如果自己的案情有了不好的发展，就在饭菜中放鱼暗示。结果一次苏迈有事，就托朋友送饭，却忘了把这个约定告诉朋友，朋友又恰巧送了鱼进去。苏轼看到后大吃一惊，以为自己大概要被判死罪，就写了两首诗给苏辙，诗中恳切地诉说对苏辙的兄弟之情，和对皇帝的感恩与自己的忏悔。这两首诗后来传到了神宗面前，感动了神宗。

再者，曹太后一向欣赏苏轼，但审问期间，正好遇上曹太后病逝，可她在临死前特地交代，苏轼是遭人诬赖的，嘱咐神宗千万不可错杀无辜。在此之后，有一天深夜，苏轼的牢房里进来了一个人，苏轼以为是其他罪犯，便不疑有他，继续睡觉。结果天快亮时，那人突然把苏轼推醒，还恭喜他，苏轼一开始莫名其妙，后来才知道，原来那人是神宗派来暗中观察他的。回去以后，那人向神宗禀报，说苏轼在狱中睡得很好，鼾声大作，这是没做亏心事的人才能如此，这一点被神宗采信了。

当然，除了神宗、曹太后爱才，还有苏辙与不少苏轼的友人，也明里暗里地帮助他不少，才使得苏轼最后没被判死罪。但死罪可免，活罪难逃，于是他被贬为黄州团练副使（类似今天民间自卫队的副队长）。这次事件被称为乌台诗案（乌台就是御史台，御史办公的地方）。大劫归来，苏轼对人生的看法不同了，虽内心的节操未改，但才被贬谪，心中仍有凄凉惊惶之感，于是在元丰三年刚到黄州时，写下了《卜算子·黄州定慧院寓居作》：

缺月挂疏桐，漏断人初静。时见幽人独往来，缥缈孤鸿影。

惊起却回头，有恨无人省。拣尽寒枝不肯栖，寂寞沙洲冷。

这首词的大意是说，不圆满的月，看起来像挂在稀疏的桐树枝上，此时正是夜深人静，没有人能见到幽人独自徘徊，只有那只缥缈而飞的孤鸿。孤鸿突然地惊飞又回头，心里有恨却无人明白，在这深夜，挑遍了枝头却不肯栖息于上，宁愿寂寞地在沙洲上忍耐着冷清。此词中的人与孤鸿是双关，讲孤鸿亦即在讲人。

"拣尽寒枝不肯栖，寂寞沙洲冷"后来成为名句，不仅写出了苏轼内心高洁的人格——即便在一片凄清孤独之中，即便遭逢过大难，又处于被贬而不安的生活中，我依然坚持不同流合污，宁愿在冷清的沙洲度过，也不愿去攀高枝——同时亦道出了一种无人能理解我的孤独感，但他就算不被理解，还是有勇于做自己的决心，所以感动了不少失意的人。

延伸知识丨仰慕苏轼的痴情女子

关于苏轼这首《卜算子·黄州定慧院寓居作》，还有一个故事。《东园丛说》中记载，苏轼年少的时候，经常在夜里读书，邻居有个女子，就经常偷听他的诵读之声。有一天，女子主动示好，但苏轼一开始没有答应，只约定要等他博取功名之后，再来谈两人的婚事，可是后来苏轼却娶了别人。再过几年，苏轼问起这个女子后来嫁给了谁，才知道女子坚守与他的约定，不肯出嫁，后来去世了。这首词就是感慨此事而写，词的最后两句，也被解读为是那名女子不肯找个人嫁了，结果孤独而死。

不过，这个故事应该是后人附会的成分较大，因为记载当中有错误，且苏轼自己都说这首诗是寓居于黄州时所作的了。这首词的背景之所以会被附会，或许是因为苏轼向来有名，也或许是有喜爱苏轼的人，觉得此词的内容仍有些敏感，才故意牵扯出这个故事。当然，苏轼如此高的才情，有女子仰慕是很正常的，例如苏轼的续弦王闰之，本是其元配王弗的堂妹，比苏轼小了十二岁，一直都很敬佩他，后来王弗过世，王闰之才嫁给苏轼，且在乌台诗案及后来苏轼的几次贬谪后，都不离不弃。她将苏轼与王弗所生的孩子视如己出，给了他很大的支持，实为一个贤妻良母。

二十七　性格豁达的苏轼，
　　　　也会有想逃避人世的时候吗？

综观苏轼的一生，实在是起起伏伏，而他人生第一次重大的转折，也是第一次最大的挫折，就是乌台诗案所导致的贬谪。但是他生性豁达，也总是在寻找排解不顺的方法，所以多次的人生挫折，他不仅挺过来了，还不断地从这些逆境之中，转换心情与人生观。

在乌台诗案之后，他被贬到黄州做团练副使，且"不得签书公事"。也就是说，这只是空有头衔的官职，却没有什么实际的权力，甚至还是被看管的犯官。对于有理想抱负又有自尊的人而言，这无疑是一种折磨。但是生活还是要过，所以尽管当时经济不佳，又处于罪人这种不安的状态下，苏轼还是尽力地去适应。

在黄州待了三年左右，元丰六年时的一天，苏轼和朋友喝酒，并把这件事情记录了下来，写成一首词《临江仙·夜归临皋》：

夜饮东坡醒复醉，归来仿佛三更。家童鼻息已雷鸣。敲门都不应，倚杖听江声。

> 长恨此身非我有，何时忘却营营。夜阑风静縠纹平。小舟从此逝，江海寄余生。

临皋是指黄州的临皋亭，也是他当时的住所，旁有长江，所以此词是写他和朋友在东坡喝酒，醒了又醉，醉了又醒，以及回家后又遇到的事情。词一开始就说他夜晚喝酒，回到家时都已经三更天，非常晚了，所以家中的僮仆也已睡下，且鼾声如雷鸣，任凭苏轼怎么敲门，都无人应，因此他只好与朋友一起，拄着手杖，听着江声。

然而，夜深人静，听着江水不断流逝的声音，难免会使人想起许多事情来，所以苏轼开始感慨了。他说"长恨此身非我有"，这出自于《庄子·知北游》，在这里形容的是人被外界所拘束，身不由己的感受。而"营营"，也是出自《庄子·庚桑楚》，此处是自问到底何时才能忘却汲汲营营。连用两个庄子的典故，可知他此时有一种想要忘却名利的心情。所以接下来，他才会说"小舟从此逝，江海寄余生"，希望从此能乘着小舟，往那江海去寄托余生，再不管人世间的纷纷扰扰。

当然，从词的末两句看，人们难免会以为这是他一时的感慨，消极地想逃避人世和社会。但若了解苏轼的性格，会发现这其实也不能算是逃避，因为在不得志的状况下，无法改变外界，就只好改变自己，所以苏轼转而追求一种精神上的理想、自由的人生。"小舟从此逝，江海寄余生"就是这种向往自由的呈现。因此，苏轼对于自己的人生，其实不是放弃，而是潇洒以对。

不过，这首词后来闹出了一个笑话，据叶梦得《避暑录话》

记载，苏轼作了此词后，与朋友大唱了几遍就散会了。结果隔天一早，大家开始盛传苏轼晚上作了此词后，就真的驾船长啸而去了。当时的郡守徐君猷知道后，吓了一大跳，因为丢失犯官可是大罪，连忙派人去找，最后却发现苏轼正在家中睡觉，鼾声如雷，真是虚惊一场。

延伸知识 | 苏轼在黄州的生活

因为乌台诗案,苏轼被关了四个多月,然后贬至黄州。初到时,他身上的钱不多,只好精打细算地过日子。在苏轼写给秦观的信中就提到,他一天所用不能超过一百五十钱,所以每到月初,就把四千五百钱分成三十串,挂在屋梁上面,每天早上用画叉挑下一串,又准备了一个大竹筒,当天若有剩钱,则把钱存在里面,作为有客上门时的招待之用。

除了节俭度日,苏轼的友人马正卿也帮他求得数十亩地,这块地位于黄州东边的山坡,所以他就自号"东坡居士",开始了躬耕生活。一开始,因为地荒废已久,开垦不易,还遇上旱灾,苏轼吃了不少苦头。同时,他也开始了庖厨生活,他发现黄州猪肉很便宜,便写了《猪肉颂》,说明如何烹煮猪肉,还感叹猪肉其实好吃又便宜,但有钱人不屑吃,穷人又不知道怎么料理,而他擅长此道,后来还创制出了东坡肉。此外,他还发明了"东坡羹",是一种将甘蓝、白萝卜、芜菁等蔬菜混在一起煮成的菜羹,不添加酱料,为的是吃蔬菜的自然甘甜。像这样以寻常之物煮出的寻常料理,对苏轼而言,却有一种平淡的幸福。

此外,苏轼也发现民间多有因为养不起而溺婴或弃婴的事件,像黄州附近的鄂州,照例只养二男一女,如果生到第四胎,就会把婴儿按在水盆中溺死,尤其他们不喜欢生女儿,结果导致民间女少男多。因此他上书给鄂州太守,提出解救之道,例如请有钱人捐钱相助,对举发溺婴的人给予奖赏并处罚溺婴的父母等。苏轼自己也会固定捐钱,并在黄州成立救婴儿的慈善会。在他与鄂州太守朱寿昌的努力之下,确实救了不少婴儿的性命。

若说苏轼一直在逆境中追寻安身立命之道,则他在黄州的生活方式就是一个很好的例子。不论在生活或者精神上,他都努力豁达地活着。只要有能力可以帮助别人,他也不会独善其身。再加上各方面的才华,难怪他在世时受到很多人尊敬,过世后也依旧受到后人的推崇。

二十八　苏轼为何成为被贬最远的词人？

苏轼一生起起伏伏，曾受重用，却也时常因为政治立场与政敌的迫害而被贬谪。他一生有三次严重的贬谪，第一次是贬到黄州，再来是惠州和儋州。其中，儋州是最远的，也就是今天的海南岛。海南岛已经是北宋国土的边界了，在当时人的心目中，那里穷乡僻壤，蛮荒不已，从来没有词人被贬到那里过，苏轼又为何会被贬到那里呢？

苏轼在第一次被贬黄州后又重新受到起用，而且是受到高太后的重用，但是朝中的局势依旧变化无穷。虽然与苏轼敌对的新党已失势，可是过去他也曾得罪过旧党的人，因此虽然获得高太后的支持，苏轼还是觉得自请外调比较好，避免斗争。于是他被调到了颍州，再转往扬州，一度又回到京城。后来高太后去世，宋哲宗开始亲政，他是支持改革的，所以以章惇为相，重新得势的新党便把过去反对新政的人，通通给予罪名。苏轼也在劫难逃，就这样一路被贬到惠州（今广东省惠州市惠阳区）去了。

惠州偏远，旅途非常辛苦，但苏轼喜欢这里的风光，性格又豁达，也在此写下不少文学作品。苏轼被贬到这里时，已是晚年，他本以为自己会在这里终老一生，但没想到三年后，一道贬谪的命令又下来了，把他贬去了儋州。相传他会被贬去儋州的原因有两个说法，都与章惇有关。章惇年轻的时候，和苏轼其实是好朋友，乌台诗案时，也出过力设法解救苏轼，但后来因为政治立场不同，就分道扬镳了；也有人说，章惇其实是很嫉妒苏轼的。总之，把苏轼贬去儋州，是章惇的主意。一种说法是苏轼曾在惠州作了一首诗，里面写着："为报先生春睡足，道人轻打五更钟。"显示出他在春天午睡的悠闲生活，后来此诗传到章惇那里，苏轼被贬了，居然还能这么轻松惬意，实在让他看不过去，所以就干脆再把苏轼贬得更远。另一种说法，则是章惇要贬谪苏轼、苏辙兄弟，于是用他们的字"子瞻""子由"来决定贬谪之地。"瞻"与"儋"字都有"詹"，"由"和"雷"字都有"田"，所以他们就分别被贬到儋州和雷州了。其他被贬的人，也是依这个模式决定。

到了海南岛，这里的生活几乎无法和之前相比，且朝中小人经常从中作梗，害他差点连房子都没有。他在《与程秀才书》中说："此间食无肉，病无药，居无室，出无友，冬无炭，夏无寒泉。"可见其生活之困苦。但苏轼还是没有意志消沉，他仍然认真地过日子。例如，找不到好的墨作画写字，他就干脆自己制墨，结果差点把房子烧掉；他又四处采集药草，研究疗效；他甚至还鼓励岛民耕作、推行教化等等。可以说，他在精神上一直都没有被政敌打倒。

后来，哲宗过世，徽宗继位。章惇因为曾反对立徽宗为帝，所以失势。向太后有意调和新旧党争，过去被贬的人全都获赦，苏轼得以北归，后来还获准自由定居。北归的路上，他受到极大的欢迎。反观章惇，被贬之后，沿途倒是吃了不少苦头。继惠州之后，苏轼本以为自己会老死儋州，没想到有生之年，又能获得赦免，但这时也接近他生命的尽头了，被赦免以后，隔年他逝世于常州。

  一代大文豪殒落了，如果这样的天才随波逐流，或许他会一生顺遂，然后最终被埋没，但他"不合时宜"，所以一生坎坷，却留给世人无限的追想，但我们也无须替他感到惋惜，因为，这不就是他的选择吗？

延伸知识｜苏轼对海南岛的影响

宋代时，由于海南岛地处偏僻，很少被开发，所以教育、建设都非常落后，但如果今天再到海南岛去，会发现这里已成了度假胜地，不少人也选择在海南岛结婚、度蜜月，俨然夏威夷一般。除此之外，在海南岛还可以发现许多当年苏轼所留下的痕迹，例如当年苏轼居海南岛时的遗址东坡书院、纪念苏轼的苏公祠等。苏公祠中，仍保有当年苏轼亲手所写的《行香子》《临江仙》两首词。这些都令人感受到，苏轼在海南岛的影响力至今不减。

苏轼当年被贬海南岛时，虽已垂垂老矣，仍在海南岛树立了不少政绩。例如开设学堂讲学，使得一直没有出过进士、举人的海南岛，几年间就出了符确这位进士，以及姜唐佐这位举人，他们都是苏轼在海南岛的学生。推行教育的成功，可说是苏轼在此一个很大的贡献。

此外，苏轼居海南岛时，发现当地的水质不大干净，喝久了容易生病，所以他又想办法凿出了两个水源。这两个水源如今只剩一个，就是在苏公祠东侧的"浮粟泉"（据说泉水涌出时，水面上经常有小颗的泡泡，好像粟粒的形状，因而有此名称）。此泉还有"海南第一泉"的称号，目前是中国国宝级的文物。

从苏轼在海南岛推行的教化与建树来看，我们不得不佩服这位胸怀超旷的大文豪，他永远在寻求面对逆境的安身立命之道，也从来不被命运打败。否则，他一生历尽沧桑又年事已高，被贬到如此荒远的地方，要是一般人早就灰心丧志了。也正因为他的这种精神，苏轼及其文学作品才会至今都这么受人推崇。

二十九　秦观是怎么看远距离恋爱的？

在周星驰主演的《九品芝麻官》中，有位妇人戚秦氏被诬陷杀害了丈夫全家人，还与家丁偷情，凶手及帮凶捏造了假证物，说是戚秦氏写给家丁的情书，里面写着："金风玉露一相逢，更胜却人间无数，两情若是久长时，又岂在朝朝暮暮。"其实，这是出自于秦观的《鹊桥仙》一词，这首词本是在咏叹牛郎织女的感情，而牛郎织女的故事，用现代的眼光来看，其实就是一种远距离恋爱。秦观发挥了词人善感的心，写出了他对这对恋人的感觉。《鹊桥仙》全词如下：

纤云弄巧，飞星传恨，银汉迢迢暗度。金风玉露一相逢，便胜却人间无数。

柔情似水，佳期如梦，忍顾鹊桥归路。两情若是久长时，又岂在朝朝暮暮。

根据古人对四季的算法，农历的七、八、九月为秋季，七夕正逢初秋，而"纤云弄巧"就是形容秋天的云朵，由于秋云变化莫测，容易被想象成各种东西，所以又称巧云；此外，这里也暗指七夕的"乞巧"①风俗。而飞星则指流星,"飞星传恨"就是当流星划过天际时,看起来好像在传递着两人的离恨一般。"银汉迢迢暗度"中的银汉指的是银河,此句是说,织女终于能在七夕这一天,渡过千里迢迢的银河,与牛郎相会了。接下来,"金风玉露一相逢"中,金风是指秋风,玉露则是指秋天晶莹的露珠,牛郎和织女,就是在金风玉露中重聚,这一次天上相逢,就抵得过人间无数回的相会了。

但是,相逢后就是离别的到来,即便相会时柔情似水,一切恍如梦中,但时限一到,还是得分开。只觉这短暂的相聚,也像倏忽的美梦一样,容易消逝。而来时鹊鸟所形成的相会之桥,此时又成了分别之桥,叫人怎么忍得回顾这条送人回去的归路呢?不过,两人的情意若是能长长久久,又哪需要时时刻刻都相会呢?

秦观看远距离恋爱,是认为只要感情够坚固长久,就算不日日相见也没关系,这样,每次的相会也能更加甜蜜。现在我们也常说一句话:"有距离才有美感。"整天都黏在一起,似乎容易让感情变得平淡,甚至是常有冲突。可见,远距离恋爱也不是全然没有好处,只是无论是哪一种形式的感情,都有它的好坏,单看我们从哪个角度去想了。明代李攀龙的《草堂诗余隽》中曾说:"相逢胜人间,会心之语。两情不在朝暮,破格之谈。七夕歌以双星会少别多为恨,独少游此词谓'两情若是久长时'二句,最能醒人心目。"这段话的意思可以理解为,过去

---

① 七夕时少女们向织女祈求智慧的习俗,包含穿着新衣、迎风比赛穿针引线、穿过了才能"得巧",或摆上瓜果祭拜等等。

写七夕的诗词中少有佳作，因为大多在写牛郎织女时，都是以聚少离多为主题，写他们心中的离恨，写多了就变得有些陈腔滥调。只有秦观能用另一个比较有美感、新颖的角度，去诠释牛郎织女的感情，所以使人感到耳目一新。而且，秦观这样写，更能带出牛郎织女永志不渝的爱情，也给所有不能时常与恋人相聚的读者带来许多安慰。

延伸知识｜擅写感情的秦观

秦观，字少游，号淮海居士。他与黄庭坚、张耒、晁补之同为苏轼的门生，被称为"苏门四学士"。据说苏轼在这四个门生中，最欣赏秦观的文采，但是，正因为与苏轼的关系密切，苏轼被政敌打击时，秦观也受牵连而被贬，所以仕途并不顺利。但他的诗、词都写得很好，特别是词，历来对他的评价都很好，在说到宋词时，不能不提到这个人。

苏轼的词，题材与风格多变，他"以诗为词"的创作方式，开了词的另一条路。但秦观不同，他的词作还是多以感情为题材。他擅于发挥词抒情的特点，并与自然景物作结合，加上能蕴含深远且真挚自然的情意，没有太过雕琢华丽的语言，所以能够愈读愈有味道。在他被贬谪之后，许多暗含被贬后心情的词作，依旧是用一种含蓄、婉约的方式去写，十分难得。所以他写的虽是传统的词，却仍能自成一家。

三十　秦观的"郴江幸自绕郴山，为谁流下潇湘去"为何让苏轼感动不已？

苏轼曾在他的扇子上，写下两句他酷爱的词："郴江幸自绕郴山，为谁流下潇湘去。"这两句是出自于他门下学生秦观的《踏莎行》。这两句词为何会深受苏轼喜爱呢？我们可先来看这首词是怎么写的：

雾失楼台，月迷津渡。桃源望断无寻处。可堪孤馆闭春寒，杜鹃声里斜阳暮。
驿寄梅花，鱼传尺素。砌成此恨无重数。郴江幸自绕郴山，为谁流下潇湘去。

宋代的政坛，一直有新旧党争，两党势力的消长，一直是看主要的掌权者（如皇帝或太后）比较支持哪一派。元丰八年时，宋神宗驾崩，哲宗即位，但年纪太小，所以由哲宗的奶奶高太后听政。高太后是倾向旧党的，立刻就起用了司马光为宰相，苏轼等人也再度受到重用，秦观自然也被苏轼提拔。但是再过几年，在元祐八年时，高太后过世，长大了的哲宗亲政了，开始重用新党，打击这批过去受到重用的旧党大臣，苏轼被贬惠州，秦观也被贬郴州（今湖南郴州）。

秦观怀着惴栗不安的心情到了那里，只见一片荒凉，《踏莎行》就是在这样的情况写下的。开头三句，讲的就是一种迷茫、不安、理想破灭的心情：高耸的楼台被浓雾所遮掩，象征的是自己高远的志向被蒙蔽了；可供船只来往的渡口在朦胧月色下，也看不见了，象征的是自己对于人生方向、出口的迷茫。在这里，雾与楼台、月与津渡，都是虚构出来的场景，为的是描写词人的心情。而"桃源望断无寻处"的"桃源"，指的是陶渊明笔下的桃花源，秦观借用了这个典故，一是因为《桃花源记》中曾写到"晋太原中，武陵人捕鱼为业"，"武陵"和郴州一样都在湖南；二是桃花源是陶渊明心目中的理想世界，但故事的结尾，却是这个桃花源再也找不到了，所以秦观也借来指自己的理想是"望断无处寻"的。前三句是以虚景来描述自己的心情，但接下来"可堪孤馆闭春寒，杜鹃声里斜阳暮"却是实际写词人的处境。由于秦观到郴州时，几乎没有家人的陪伴，所以秦观才用"孤"这个字，带出他孤独居住在此的感受。春寒封闭住了他所住的孤馆，已是令人难以忍受，却又不停听见杜鹃鸟的啼声说着"不如归去①"，实在是令人断肠。词的上片，可说是写尽了作者失意与孤独的双重痛苦。

下片的"驿寄梅花，鱼传尺素"是指书信、音信。"驿寄梅花"是个典故，三国时的陆凯，曾折了一枝梅花寄给远方好友

---

① 相传在很久以前，蜀君杜宇死后化为杜鹃鸟，这种鸟的叫声听起来像是在说"不如归去"，因而经常引发思乡之愁或离愁。

范晔,并写诗说:"折梅逢驿使,寄与陇头人。江南无所有,聊赠一枝春。"而"鱼传尺素",是指信纸还没普及时,古人总会以绢帛写信,再置于鱼形木板中寄出。秦观此处用了两个关于通信的典故,是指远方亲友寄来的书信。然而,这些书信却引发词人无数的恨——有离恨,也有对人生如此的憾恨,而这些恨是那么沉重,一重一重地堆砌了起来,也使词人发出了无奈之语:"郴江幸自绕郴山,为谁留下潇湘去。"郴江的水发源于郴山,本来是好好地绕着郴山而流,但为何又要离开,流到潇水和湘水去呢?这两句词,正道尽了"无可奈何"四个字。也许郴江是不想离开郴山的,但现实却是必得离开;就像词人,他是不想离开亲友的,更不欲人生的理想落得一场空,可是,现实却不得不使他如此,所以他也有一种"我到底是为谁变得如此呢"的感慨。

"郴江幸自绕郴山,为谁留下潇湘去"这两句,可以说是神来一笔,把人生那种身不由己的无奈比喻得极好,也难怪"同是天涯沦落人"的苏轼会如此喜爱这两句词了。在秦观过世后,苏轼除了把这两句题在扇子上之外,还写了"少游已矣,虽千万人何赎",意思是说,秦观已过世,即便再有千千万万的人,也没人能代替得了他。可见,苏轼对于这个学生,也是相当惋惜和欣赏的。

延伸知识 | 苏轼与秦观的师生之情

秦观身为"苏门四学士",也是苏轼最喜爱的学生。据《宋史·秦观传》记载,秦观初见苏轼时作了《黄楼赋》,苏轼便赞赏他有屈原、宋玉般的才华。往后,秦观的仕途也受了苏轼的得意与失意影响,但被贬以后,两人由于距离遥远,不得相见,只能靠着书信维持感情。

苏轼被贬惠州以后,又被贬到儋州(今海南岛),秦观也被贬到雷州。等到宋徽宗即位、向太后摄政,苏轼等人才又获得赦免。苏轼在回到中国本土的路上经过雷州,与秦观见了面,两人相见后,真是恍如隔世,悲喜交加。在苏轼晚年,苏门四学士中也唯有秦观有缘与苏轼见面。但在雷州这段时间的会面,竟是师徒最后的相处,因为没多久后,秦观就去世了,这也令苏轼惆怅不已。

三十一　谁是北宋最佳作词作曲人？

一般来说，作词对文人不是难事，但若要制作新曲，很多文人恐怕就要被难倒了。本来，词曲的完成就是分工的，擅于音乐的人作曲，擅于文学的人作词，只有少数人能两者兼得。而北宋却有这么一个重要的词人，他既熟悉音律，能自创新调，又能于作词时开创新的艺术手法。这个人，就是周邦彦。

周邦彦，字美成，号清真居士，本为钱塘人，二十四岁时入汴京做太学生，因写了《汴都赋》受到宋神宗的赏识。但哲宗继位后，高太后听政，重用旧党人，周邦彦因受波及，离开汴京出任庐州教授。直到哲宗亲政，复用新党，周邦彦才又被召回，徽宗时进入大晟府。大晟府是当时掌管乐律的机构，周邦彦在此时开始审定古代乐调，增加较长曲调的创作，或改变乐调，合不同调的曲子为新曲等，在音乐方面颇有贡献。

合不同调的曲子为新曲，又称之为"犯调"。例如把三个不同调子组合在一起，称为"三犯"，像是"三犯渡江云"；把四个不同调子组合在一起，则称为"四犯"，例如"玲珑四犯"。这些都是创自周邦彦。此外，还有合六种曲调的，叫作"六丑"，也是周邦彦所创。相传李师师曾经将《六丑》唱给宋徽宗听,但徽宗觉得这个名字很奇怪,就传周邦彦来问。周邦彦说:"这首曲子总共犯了六调,听起来很美,可是非常难唱,就好像过去高阳氏(颛顼)有六个孩子,才华都很高,但长得不好看,所以叫'六丑'。"可见,像这类犯调的乐曲,是比较长的,而且变化转折比较多,对于歌者也是一种新挑战。

周邦彦精心所创的曲调变化既多,那么作词呢?他在作词的时候,擅于铺陈事情,也会精心安排整首词的章法结构,而且能够穿插许多转折或跳跃;另一方面,他也喜欢使用典故、修辞,在词的艺术手法上有很大的突破。但是,虽然艺术手法精妙,有许多人却认为他的词比较难懂,所以也比较难直接地感动人,像王国维就曾经在《人间词话》中说:"美成深远之致不及欧、秦,唯言情体物,穷极工巧,故不失为第一流之作者。但恨创调之才多,创意之才少耳。"意思是说,周邦彦词的意境,比不上欧阳修和秦观,但若是就艺术手法而言,他能写得非常精致工巧,所以还是能视为第一流的作家。可惜,若以创造新曲调和创造意境这两种才华相比,周邦彦还是比较擅长创造新曲调的。

但是,回归词的本质,它毕竟还是与音乐有很大的关系。像周邦彦这样精于音律的人,对于词的格律也很斤斤计较,不可随便;在此同时,他又能使用精妙的艺术手法去铺陈、设计词的章法结构,重视典故、锻炼字句,维持着词的本色。所以,在词史上地位不凡。像南宋的姜夔、吴文英等人,都受到他很大的影响。

延伸知识 | 什么是"自度曲"?

"自度曲"也叫作"自度腔""自制曲",是指从曲到词,都是由同一位词人新创的。这个名词最早出现于《汉书·元帝纪》:"元帝多才艺,善史书,鼓琴瑟,吹洞箫,自度曲,被歌声。"后来便指自创的乐曲。

在宋代也有许多善于音律的词人,如柳永、张先、贺铸、周邦彦、姜夔、吴文英等,他们都会创作自度曲。像周邦彦所自创的新曲调有五十多个,"兰陵王"便是其中之一。但北宋的词人,却不大会在作品前标明"自度曲",后来便有会去标明的,如南宋的姜夔,他有名的《扬州慢》《暗香》《疏影》《杏花天影》等都是自创的新曲,也都在题前标明了"自度曲"。

另外,自度曲通常也是先谱了曲调,再填写歌词,与一般"倚声填词"一样。但也有例外,如姜夔的自度曲,就是先有词才作曲,这种作词方式有个好处,因为是曲调去配合歌词,歌词不太会受到音乐的束缚,且更能将情感发挥出来。不过,通常要音乐素养很高的词人才有办法这样做,否则,还是无法将曲调与歌词的搭配做到完美。

三十二　为什么说周邦彦擅长"时间的魔法"？

我们要叙述一件事情的时候，往往会采用"顺叙"的方式，也就是按照事情发生的先后顺序去描述。但是，在文学、电影或是戏剧里，却有许多创作人会打破这个规则，他们可能先讲现在，再回过头讲过去的事情，或者采用现在→过去→现在这种时空互错的方式。例如电影《泰坦尼克号》，就是先从打捞泰坦尼克号的"现在"开始，再由女主角回忆过去在泰坦尼克号上发生的事情，而中间又偶尔回到"现在"交代一些事情。有的叙述方式，还会包含过去、现在、未来等时间点，仿佛带着读者或观众搭乘时光机，自由穿梭在不同的时间中，也让叙事方法有了更多的变化。而北宋有位词人，也善于用这种时间跳跃的方式来写词，他就是周邦彦。

举例来说，像周邦彦有一首《兰陵王·柳》：

> 柳阴直。烟里丝丝弄碧。隋堤上、曾见几番，拂水飘绵送行色。登临望故国。谁识。京华倦客。长亭路，年去岁来，应折柔条过千尺。

闲寻旧踪迹。又酒趁哀弦，灯照离席。梨花榆火①催寒食。愁一箭风快，半篙波暖，回头迢递便数驿。望人在天北。
　　凄恻。恨堆积。渐别浦萦回，津堠岑寂。斜阳冉冉春无极。念月榭携手，露桥闻笛。沉思前事，似梦里，泪暗滴。

　　这首词写于周邦彦将离开京城时。在离别的情境中，"柳"一直是常出现的角色，因为"柳"谐音"留"，古代送别时，常折柳枝以赠别，表示对对方依依不舍，希望他能留下。此词共分三片，第一片开头就以柳点出离别，写茂密的柳枝如烟如雾，每一丝都碧绿不已。隋炀帝开通运河时，曾在岸旁种植的柳树，总是飘扬着，大约已经经历过许许多多的送别场景了吧！登高望向故乡，谁能理解我客居京城的厌倦？在路边供人休息、送别的长亭，那年年送别之人所折下的柳枝，恐怕加起来已有千尺之多。

　　第二片转写离别筵席的情景。闲来时，寻着旧日踪迹，随着哀戚的琴弦声举起酒杯，明灯照耀着离别的筵席，梨花开了，要取榆火了，寒食节的季节又到来了，时光匆匆。船只好像与我作对般，乘着风，如箭一般迅疾地离去，水面上看似只有半根的竹篙，搅开了温暖的水波，回头一望，瞬间已远远地离开了好几个驿站，送行者站在遥遥的天北边。

　　第三片则写离别的心情。悲伤和离恨在心中堆积，遥想岸上那一头，应该是人们已渐渐地离开了岸边，渡口寂静下来，

---

① 古时寒食节不能烧火，只能吃冷食，待寒食节过后，重新取火，其中榆树和柳树最容易起火，所以经常被使用。后来榆火也延伸出"春景"之意。

斜阳缓慢下垂,春色无边。想起过去曾在月夜的台榭中,一同携手,在夜露深重的桥上听闻笛声,沉思着从前的回忆,不禁暗暗滴下泪珠。

  由以上内容可以看得出来,时间是一直跳跃的。第一片怀写以前曾有许多离别不断在上演,是过去;第二片与第三片的前五句,则写回现在自己与对方正离别的场景;第六、七句则写对过去的追忆,时间是过去,最后三句则又写回现在,叙述回忆往事时的心情。这样的手法是周邦彦词中一个很大的特色,因为过去的词人几乎都是用顺叙法在写事件,到周邦彦才开始采用错综的时间交替法。如果说一首词就是一个故事,那无疑的,周邦彦说故事的方法,是擅用"剪接"的。由此更能看出,他是多么精心设计词的章法结构。

延伸知识 | 北宋"集大成"的词人是谁？

清朝词人兼词学家周济曾在《宋四家词选·目录序论》中说："清真，集大成者也。"意思是说，周邦彦是北宋词之集大成者。为什么呢？因为在他之前，或跟他同一时期，有不少著名的词人，各有其风格，而周邦彦则能够兼擅各个词人的长处，所以才有"集大成"之美誉。

以词作内容来说，周邦彦走的是词的传统之路，以写情感为主；就叙事手法而言，则是承继了柳永对于长调的创作，但柳永叙事是平铺直叙的，周邦彦却懂得利用时间跳跃等方式，让叙事具有曲折变化；再就创作手法而言，他吸收了苏轼"以诗为词"的原则，用比较文人的方式去写词，进而像贺铸一样用典、引用或改造前人的诗句，营造出文雅的风格。此外，像秦观在描写男女感情的时候，会融入自己的遭遇、生平，这点也影响了周邦彦，就风格来说，周词中也颇有秦观词中语言雅丽的味道。

不只如此，周邦彦精通音律，而词一开始就是与音乐密不可分的，所以周邦彦的词注重格律这点，也等于是坚持词之本色与传统。他坚持传统，又兼取各家所长，有所创新，难怪会被称为北宋词之"集大成者"。

三十三　周邦彦的《少年游》讲的是哪位佳人和君王？

宋徽宗是北宋第八个皇帝，历史对他的评价，多半都是奢侈糜烂、荒淫无道。后宫虽有三千佳丽，但他仍经常微服出宫，寻欢作乐。在当时，京中第一的"角伎"（才艺绝佳，地位较高的歌伎）李师师，自然很快地就被徽宗召幸，成为徽宗的新欢。而周邦彦是精通音律、集前人之大成的词人，平时担任小官。著名的词人与歌伎，经常是关系密切的，而周邦彦他就和李师师相好。据南宋张端义《贵耳集》的记载，有一天，周邦彦正在李师师的家中，突然宋徽宗就来了，周邦彦躲避不及，只好躲到床下去。徽宗跟李师师说："我带了一颗江南刚进贡的新橙。"接着，徽宗就在那里待了一夜，周邦彦也就这样躲了一夜。早上等徽宗离开后，周邦彦把昨晚这件奇事，写成了《少年游》：

并刀如水，吴盐胜雪，纤手破新橙。锦幄初温，兽烟不断，相对坐调笙。

低声问向谁行宿，城上已三更。马滑霜浓，不如休去，直是少人行。

这首词的意思是说：并州的剪刀像水一样明亮，比雪还洁白的吴地的盐，正好拿来调和橙子的酸味，而她正用纤纤玉手把橙子的皮剥开。棉被才温过，兽形香炉不断传出香味，两人相对坐着，听她吹笙。接着，她低声问，今晚您要在哪儿休息？都已经三更天了，外面地上霜重，马蹄容易打滑，您就别离开了，外面几乎没有行人了。

结果，李师师大约是觉得很有趣吧，就把这首歌拿来唱。徽宗一听，这不是那晚我们约会的情景吗？问出是周邦彦所写以后，徽宗大怒，找来了总是逢迎巴结他的奸臣蔡京，寻了理由，便把周邦彦贬谪出了京城。再过一两天，徽宗又去找李师师，却发现她不在，等她回来后追问行踪，李师师便说她是去替周邦彦送行。徽宗问道，他可还有再写新词？李师师便唱了周邦彦新作的《兰陵王》。结果，徽宗一听大为欣赏，又把周邦彦召回，让他担任大晟府（北宋掌管、整理乐曲的机构）的主管。

这个故事，有人说是后人穿凿附会，但是仍然流传甚广。而《贵耳集》的作者，在这个故事的最后，批评说：皇帝和臣子居然可以同时出现在歌伎家里，国家的安危可想而知。姑且不论此故事是否为真，这个批评倒还算确实，因为不仅李师师，徽宗还有不少沉溺于声色的例子，又宠信蔡京、童贯等人，搞得朝政乌烟瘴气。加上他好大喜功，听信蔡京、童贯的话，以为能够联金灭辽，光复燕云十六州，但事实证明，这只是加速了国家的灭亡，最后落得被金人俘虏的下场。虽然他不是北宋最后一个皇帝，却要为北宋灭亡负很大的责任。不过，如果宋徽宗不做皇帝，专心于绘画和书法的话，应该会变成非常杰出的艺术家。

延伸知识 | 宋代第一名伎李师师

　　古代由于歌伎的身份低下，很少会有关于她们的生平纪录，但像李师师这样有名的歌伎，还是可以从一些宋人的笔记、小说当中找出一些相关资料。据说，李师师本来是一名染坊匠人的女儿，姓王，但母亲在她很小的时候就去世，父亲则在她四岁时犯了罪，死在狱中。后来她被倡家的李姥收养，走上歌伎这条路。但有趣的是，因为她为人慷慨，颇像个女侠，便和汉代的李广一样，有"飞将军"的称号，加上才貌双全，便成了红极一时的歌伎。

　　其他关于李师师的传闻还有很多。例如《宣和遗事》中说到，宋徽宗后来册封李师师为妃；也有说徽宗为了经常见到李师师，偷偷从皇宫中修了一条地道，通往李师师家。而北宋灭亡后，李师师的下落也成谜，有人说她殉国，也有人说她流落民间，至于流落到哪里，说法也不一。这些传闻是否为真，目前还是有很多争议。不过，《宣和遗事》中有一些关于李师师的故事，而后来的《水浒传》则是以《宣和遗事》为底本创作出来的，所以在《水浒传》中也有李师师出场。或许就是因为她曾负盛名，加上曾在《水浒传》中出现，使她成为了宋代最有名的歌伎。

三十四　我很丑，可是我很深情：才高八斗的贺铸

由李格弟作词、赵传演唱的《我很丑，可是我很温柔》曾经风靡一时，因为这首歌鼓励了很多人：长相不好看不代表一切，因为我还是有其他优点的！而若北宋词人贺铸地下有知，恐怕也会对这首歌心有戚戚焉吧！

贺铸也是北宋重要的词人，相传他相貌丑陋，但才气甚高，尤其擅于写婉约词，但也有部分词作能够显现出他豪气的一面。在他的词中，以《青玉案》（凌波不过横塘路）最具代表性，全词如下：

> 凌波不过横塘路。但目送、芳尘去。锦瑟华年谁与度。月台花榭，琐窗朱户。只有春知处。
> 碧云冉冉蘅皋暮。彩笔新题断肠句。试问闲愁都几许。一川烟草，满城风絮。梅子黄时雨。

这是一首思怀佳人的作品，"凌波"一词，来自三国曹植

《洛神赋》①中的"凌波微步，罗袜生尘"，这里借来形容一个像洛神般的绝世女子；"横塘"则是在苏州，贺铸曾经住在那附近。"但目送、芳尘去"是写目送女子的离开。所以前两句词，是写佳人不来，词人伤心地目送她飘然而去。在这里，贺铸用浪漫的笔调与典故来加以点染，使得平常的意思有了特殊的美感。"锦瑟华年谁与度"则是化用了李商隐的诗《锦瑟》："锦瑟无端五十弦，一弦一柱思华年。"意思是说，这美好的华年，谁能与我共度呢？词人接着又想象"月台花榭，琐窗朱户"，应该是她的居处，可是这居处恐怕"只有春知处"了。

下片的"蘅皋"，是指长满了香草的水泽，同样是出自《洛神赋》："尔乃税驾乎蘅皋。"是说曹植在见到洛神之前，曾歇马于水泽旁；而南朝时的江淹又有《休上人怨别》诗说："日暮碧云合，佳人殊未来。"所以"碧云冉冉蘅皋暮"一句，化用了曹植与江淹的作品，意思仍是写那位佳人杳无踪迹，而词人苦苦等待。"彩笔新题断肠句"继续使用江淹的典故：江淹年轻时，非常有文才，但老年后，却写不出好作品了。相传在他晚年时，有一天，梦见东晋的郭璞，他也是极有名的文学家，郭璞说他有枝五色彩笔放在江淹那里很多年了，现在要来讨回，江淹果然在身上发现了一枝彩笔，就还给了郭璞，但梦醒后，就发现自己"江郎才尽"，再无写作灵感。贺铸借用"彩笔"的典故，说自己写下了思念佳人的词句。"试问闲愁都几许。一川烟草，

---

① "洛神"相传是伏羲氏的女儿，因为溺死于洛水中，成为洛水之神。曹植《洛神赋》序中提到，黄初三年，他到京师朝见魏文帝曹丕，回程经过洛水，听闻传说后，便模仿宋玉《神女赋》写下此赋，想象出自己在洛水边与洛神相恋的故事。

满城风絮。梅子黄时雨"则是这首词中最出色的地方，意思是说，自己的愁苦，就像整条河川旁遍地的烟草、满城飘飞的柳絮、黄梅时节的雨一样，非常之多。

　　李后主曾写"问君能有几多愁，恰似一江春水向东流"，形容自己的愁如流水般无穷无尽。贺铸在这首词的最后，也是一样的手法，但转而写愁的"多"，用以比喻的对象也变成了三个，且非常贴切，受到许多人的赞赏，贺铸也因此得到了"贺梅子"的雅号。此词情深感人，也让人感受到他阳刚性格下细腻柔婉的情感。相传贺铸会写下这首词，是因为他曾在横塘路上遇到一个让他惊为天人的女子，甚至为了能再度见到她，还在那附近建了一间屋子。但这传说没有什么根据，只能增添一些读者对于此词的浪漫想象而已。

延伸知识｜"鬼头"是哪位词人的绰号？

　　贺铸，字方回，号庆湖遗老。根据《宋史·文苑传》的记载，他的外表是"面铁色，眉目耸拔"，意思是说，贺铸的脸色是青黑色的，眉毛生得高耸直竖。再者，他的头发很稀少，挽成发髻时，只有小小一个，他的朋友郭祥，就笑他发髻太小又没胡髭，真不愧是"贺梅子"（梅子谐音"没髭"，又可以兼形容发髻很小），所以他的面貌是不好看的。不过大概是"眉目高耸"的关系，所以看起来有股英气，贺铸也说自己是"虎头相"。因为以上的原因，所以他还有"贺虎头""贺鬼头"等绰号。

　　贺铸长得虽不好看，但天资聪颖，家世不低，是宋太祖孝惠皇后的族孙，家中世代都是做武官的。或许是这个原因，使得他的性格也耿直有侠气，对于不喜欢的达官贵人，便不假辞色，还会批评谩骂。他一直没有参加科举，也不是很想担任武官。基于以上这些原因，他在仕途上不是很得意，生活也曾过得不是很好，可是他的词作在当时却颇有知名度，《青玉案》这首词一出，还曾引起一阵唱和之风。他作词也擅用典故或化用前人的句子，并喜欢在作词之后，根据词中内容或句子，把词调的名称改掉，如《青玉案》，贺铸就再取个别名为《横塘路》。同时他也通晓音律，能作自度曲，所以他也是词曲兼长的词人。

三十五　堪称"词中之后"的人是谁？

词帝或许可以有不同的人选，但词后就绝对只有李清照一人。

李清照，北宋神宗元丰七年生，齐州历下人，自号易安居士。她出身书香世家，十八岁时，嫁给二十一岁的太学生赵明诚，婚后两人十分恩爱。更难得的是，他们有着共同的兴趣，例如都很喜欢看书、藏书，也很喜欢画，因此虽然经济不是很富裕，但只要有一点闲钱，就会用来收藏书、画等文物。赵明诚是金石学家，喜欢研究古代钟鼎器物上的铭刻、碑文墓志之类的石刻等，两人还曾合力完成《金石录》，是研究金石学的重要资料。

他们的兴趣相投，自然就有不少夫妻间的生活情趣。例如，李清照是个记忆力很好的人，每次吃完饭，他们都会泡茶来喝，但喝茶以前，一定要先互相考考对方，某个典故是出自哪一本书？第几行第几页？赢了才可以先喝茶。但因为赢的人最后都会很开心，大笑到把茶都泼到身上，反而不能喝了，可是他们还是对这种"赌书泼茶"的风雅情趣，感到乐此不疲。还有，据说有次李清照写了一首《醉花阴》，里面有千古名句："莫道不销魂，帘卷西风，人比黄花瘦。"写因相思而憔悴消瘦，表现出赵明诚不在身边时的想念之情,并把此词寄给赵明诚。赵明诚自叹不如,就闭门谢客,废寝忘食了三天,写了五十首词,再把李清照的《醉花阴》也混在里面,请朋友陆德夫观看,结果陆德夫赞不绝口的还是李清照那三句词。

但,好景不常。靖康之难发生后,他们当时所住的青州又发生兵变,两人往南迁移到了江宁,生活也陷入困难。没多久后,赵明诚在建康病逝,而以往所钟爱的珍藏又在搬家、战乱、劫掠等情况下几乎全部遗失。约三年后,她再嫁张汝舟,这在宋朝是常见之事,但婚后她发现被欺骗,便在结婚三个月后,对丈夫提出诉讼。但按照宋代法律,妻子对丈夫提告,就算成功,妻子也要受罚。幸好有朝中亲戚相救,她告赢后只坐了九天的牢。但在历经这么多变故后,又失去寄托慰藉的方式,使得李清照痛苦不堪,她的词作因而有了很大的改变。以往她的生活幸福美满,只是有时会与赵明诚分隔两地,因此她的词作过去多以爱情、相思为主。南渡、丧夫以后,她的词作多为悼亡伤痛、孤苦无依之感的抒发,情感也就更沉痛深刻了。

除了写词,李清照也用心于词的创作理论。她写了一篇《词论》,认为词必须合于音律,词语的运用不可过于粗俗等。所以她批评苏轼的词只是"句读不葺之诗,又往往不协音律",又批评柳永"词语尘下",然后强调词不可失了它本身的传统,也不可与诗混为一谈,因为词"别是一家"。但因为《词论》中批评了不少词人,所以后来有些人不能认同李清照。可是重视词的本色这一点,对后来词的发展影响很大,且女性写文章阐述创作理论的,她大概是第一人。加上她的词作中,有不少经典之句,如"此情无计可消除,才下眉头,却上心头"(《一剪梅》)、"寻寻觅觅，冷冷清清，凄凄惨惨戚戚"(《声声慢》)等，所以也有人说她"词超绝古今"，一点都不输男性词人。她在词的创作与发展上，都有很重要的地位。

延伸知识｜"词中之后"的另一个真面目是？

李清照曾经在《打马图经·序》中说："予性喜博，凡所谓博者皆耽之，昼夜每忘寝食。且平生多寡未尝不进者何？精而已。"这段话的意思是说，她生性喜欢赌博，为了赌博可以不吃不睡，而且很少会输，因为她很精通此道。所以，"词中之后"的另一个真面目，其实是"赌后"。

赌博有很多方式，有像掷骰子这样简单、只看运气的，也有像大老二、麻将这样讲究技术的。历史上也有不少知名女性喜爱赌博，例如杨贵妃喜欢掷骰子、慈禧太后喜欢麻将等，而李清照最爱的赌博是一种叫"打马"的游戏，据说麻将就是从它发展而来的。打马的进行方式与赏罚规则都颇为复杂，所以技术和反应都非常重要。

当然，以李清照的情况来说，她绝对不是会为了赌博而倾家荡产的人，而是把赌博当作"闺房雅戏"。而且她还把打马做了些改良，记录于《打马图经》一书，并说自己很少输，因此说她是赌后也不为过。她的好赌有两个特色，一是倾向于文人间那种较为风雅的方式，像她改良过的打马，就有这样的特点，此外，我们从她与赵明诚的"赌书泼茶"也可看得出来。二者，李清照是用一种钻研学问的态度来研究赌博，所以，她在《打马图经·序》的开头也提到，赌技要强，其实就是要专心一志，能专精，那么即使是小道，也能到达很高的境界了。

从"词后"到"赌后"，我们可以发现，李清照不仅聪明，而且对于她喜爱的事情也能够认真钻研其中，不管是常被视为小道的词还是赌博，她都能变出许多道理来。

三十六　用了许多俗字的《声声慢》，为何成为李清照的千古名作？

词源于市井文化、歌筵酒席之中，后来被文人接手，逐渐发展成较高雅的文学。而文人写词，多半也会比较注重艺术手法，一首词如果太过俚俗，就常为人所诟病。可是这也不代表用了许多俗字的词作就一定不好，至少著名女词人李清照所写的《声声慢》，就使用了许多俗字，却一直被视为上上之作。《声声慢》全词如下：

　　寻寻觅觅，冷冷清清，凄凄惨惨戚戚。乍暖还寒时候，最难将息。三杯两盏淡酒，怎敌他、晚来风急。雁过也，正伤心，却是旧时相识。
　　满地黄花堆积，憔悴损，如今有谁堪摘。守着窗儿，独自怎生得黑。梧桐更兼细雨，到黄昏、点点滴滴。这次第，怎一个愁字了得。

这首词约写于李清照南渡、丧夫以后，开头的"寻寻觅觅"就点出孤苦无依，想把旧日美好时光找回的感受，但过往已不再，只空留冷清、凄惨、愁苦之情。接着又说，在还有些温暖却又有几分凉意的秋天，是最难休养身体的，只两三杯薄酒，怎能抵挡夜晚犹寒的风呢？而大雁常被古人视作故乡的象征，看见大雁飞过，就勾起了作者的思乡之情。接着，作者又描写菊花瓣散落满地，花朵憔悴不堪摘折的情景，而独自一人守在窗边，该怎么熬到天黑？细雨打在梧桐叶上，在黄昏中发出滴滴点点的声音，这情形，怎能用一个愁字说得完？

此词中，可看见许多在当时很白话、常见的用字，例如寻觅、冷清、将息①、伤心、黑、怎、愁、了得②等。照理说，频繁使用浅白俗字的作品，较难有高雅、情意深长的境界，且词人作词时，也会尽量不要让词语太过重复。可是这首《声声慢》却把这些该避讳的写法都用上了，还能成为佳作。这主要是因为开头的十四个叠字，用得很有技巧，既能够有声调的抑扬顿挫，还兼有双声与叠韵。下片"点点滴滴"也是，不只和开头的十四个叠字有所呼应，又能直接呈现出冷清凄惨的情景，使读者很容易就进入作者要表达的情绪，再进而感受到更深一层的悲苦。所以，这些字虽然又俗又重复，但却能巧妙呈现出音律之美，兼具看似直接却又深长的情意。

而像伤心、黑、愁等字，虽然没有重复，但也是毫无新意的字眼；将息、了得等，也是俗语或方言，都不是很雅的字词；"怎"这个字，更是口语，还前后用了三次。但是它们都被运用得很巧妙，能够自然地融入词的意境之中，看不出作家故意锻

---

① 将息，唐宋时的俗语，为休养、保重身体之意。
② 了得，济南章丘地区的方言，为了结、完结之意。

炼、计较用字的痕迹，反而读起来顺畅自然、不做作。也因为多用俗字，作品内容很好理解，便更有亲切感，所以被评论为"以俗为雅""以故为新"，看似平淡简单，却又能深刻表现出作者那历经生离死别、国破家亡的凄苦。

　　要做出手续繁复、色香味俱全的功夫菜自然是难，可要把一盘平淡的蛋炒饭，炒得非常好吃，恐怕更难。作词也一样，透过修辞、用典等艺术手法把词写好很不简单，但不经雕饰地使用俗字却能写好词，更是不简单。所以，用了许多俗字的词，只要能经过作者的巧思，还是能成为千古绝唱的。

延伸知识 | 哪些词人也会用俗字作词?

以常见的俗字或者非常口语化的方式作词,在宋代不算少见,像柳永就常会在词中使用我、你、伊等字,例如"向道我别来,为伊牵系……问甚时与你,深怜痛惜还依旧"(《倾杯乐》)、"敢共我劲敌①。恨少年、枉费疏狂,不早与伊相识"(《惜春郎》)等。此外,像"了""怎"字等也不少见。这类词是写给歌伎唱的,很大众化、通俗的词,所以常被批评。但另一方面,用这种比较通俗口语的字词作词,其实就像词里面多了点小说的对白,会比较生动活泼,也能增加语汇的使用。所以俗字作词,后来也影响了一些词人。

之后的黄庭坚,也多少受到影响,喜欢用这种方式作词,词中除了我、你、伊之外,也有冤家、咱、怎、么、嘛、了等,甚至用方言入词。清代有名的文学批评家刘熙载曾写过一本《艺概》,里面提到黄庭坚词的时候,就说:"惟故以生字俚语侮弄世俗,若为金元曲家滥觞。"意思就是说,黄庭坚喜欢用少见的字和俚俗的语言写词,为后来金、元人写曲的开端。因为曲的语言确实比词又更通俗、口语化,所以刘熙载才会这样说。

用俗字作词,我们可以看到像李清照这样成功的例子。而柳永、黄庭坚等人,则有时候用得太过,导致词没有余味和美感。所以,若要以俗字作词,恐怕得要斟酌使用的频率及方式,才能作得恰到好处。

---

① 劲敌,指实力很强的敌人,或实力相当的对手。

三十七　最智勇双全的词人是谁？

　　词，本来就是文人才会去创作的，我们很难想象会有武将也是个词人，连到过边塞主持对抗西夏事业的范仲淹，也是文人，不是武将。但是，就是有一个智勇双全的词人，他能写出动人的词篇，也能上战场英勇杀敌，这个人，就是鼎鼎大名的辛弃疾。

　　辛弃疾在南宋绍兴十年（金天眷三年），出生于山东济南府历城县，当时已是靖康之难过后，宋的政权迁移到南方，山东则是由金所统治，汉人的日子很不好过。而辛弃疾的祖父辛赞，虽然在金朝任官，却常常带着年幼的辛弃疾登高游览，指着远方的故土山河，告诉他，莫忘这个国仇大恨。在耳濡目染之下，辛弃疾便立志走向抗金之路。

　　绍兴三十一年，金朝君主完颜亮起兵侵宋。这时有许多不堪被金人统治的汉人，决心起义反抗。其中，由一位农民耿京所带领的义军很有实力，辛弃疾也号召人马加入，想要在山东起事。他并亲自南下，上表给宋高宗，希望能联手抗金。谁知，耿京有个部下叫张安国，背叛他们，投靠于金，还杀害了耿京。辛弃疾听到这个消息后，立刻领兵五十骑，杀入金营。当时金营中，差不多有五万大军，而张安国正在里面与金人喝酒庆功，辛弃疾竟能以寡击众，生擒张安国，再把他押回南宋处决。此一壮举立刻轰动了南宋上下，辛弃疾也从此打响了他的名号。

后来，辛弃疾于南宋任官，且仍积极主张北伐。可是，自从宋朝重文轻武、常吃败仗以来，朝廷上下都弥漫着一种得过且过、偷安一时的风气，遇到战争失败，就一味求和了事，所以他的理想很不好实现。有一年，他任湖南安抚使，在那里筹备组织"湖南飞虎军"，招兵买马、建造军营。由于这些需要很多经费，引起朝野议论，说他用钱过度，宋孝宗知道后，就下了金牌命他停止。但辛弃疾收到金牌后，竟藏了起来，加紧赶工建造军营。中间遇到瓦片不够的问题，辛弃疾还下令，要民众将自家、水沟的瓦捐两片出来。等飞虎营完成了，他再对孝宗报告：虽然金牌收到了，但飞虎营也建好了。而且，飞虎营之后还成为了军事重地，再次证明他非常有勇有谋。可惜，他的理念一直与主和派不同，加上他是从北方过来的，南宋有许多朝臣，一直对这样的人有偏见，导致他仕途不顺，常遭排挤中伤，最后甚至还被罢官。赋闲的时间，前后加起来大约有二十年。

因此，他经常在词作中抒发壮志难酬的感慨和对国事的热切关怀。在作品数量上，他现存约有六百二十六首词，是目前所知作品最多的词人，可见他有多专注于写词。同时，他也和苏轼并称"苏辛"，因为他们都经常将自己的抱负、心志写于词中，被归类为"豪放派"词，尤其在辛词中，辛弃疾关心国家、积极欲有所作为的理想表露无遗。此外，辛弃疾还擅用典故，所以读他的词，初看会比较困难，因为要把他用的典故都弄懂了，才能了解词意。他还擅于把文章中的句法、对话、议论、直描等方式融入词中，创造出"以文为词"的特色。这些写作手法，也开创出一个更新的作词方向。

延伸知识丨英雄心目中的英雄又是谁？

辛弃疾曾在他的几首词作中提到汉代的李广，以及三国的孙权，他认为这两人都是英雄。

李广是西汉著名的武将，曾数次与匈奴交战。他善于射箭，有一次出去狩猎，把草丛中的石头误认成老虎，一箭射出，箭竟然没入石头之中。匈奴多畏惧他，称他为"飞将军"。辛弃疾在《卜算子·千古李将军》中，赞扬了李广的神武，并自比为李广，说明他和李广一样，一直等待机会被重用；而《八声甘州·夜读李广传》中，则用了许多关于李广的典故，然后感叹李广晚年不得志的命运。由于辛弃疾也是不得志的，大概是如此，才会对遭遇相似的李广"心有戚戚焉"吧！

而提到孙权的词，则有《永遇乐·京口北固亭怀古》及《南乡子·登京口北固亭有怀》。辛弃疾认为，孙权能率领东吴与北方的曹操抗衡，这点令人佩服；同时，这段历史也和南宋与金的南北对抗有相似之处，所以辛弃疾一方面在这两首词中称赞孙权，一方面也是希望朝廷能具有像孙权一样的雄心，不要只是苟安一方。

我们常说"英雄所见略同"，辛弃疾与李广、孙权虽不是同一时代的人，但可能因为背景、遭遇相似，所以让辛弃疾对他们产生了共鸣。如果李广、孙权地下有知，在过了一千年后，居然还有这样一位雄才大略的"粉丝"，应该也会感到十分欣慰吧！

三十八　辛弃疾"众里寻他千百度"的"他"是指谁？

辛弃疾有一首《青玉案·元夕》，里面"众里寻他千百度。蓦然回首，那人却在，灯火阑珊处"这几句非常有名，但是，这里面的"他"到底指的是谁，则一直有不同的说法。

先来看整首词的意思，全词如下：

东风夜放花千树。更吹落、星如雨。宝马雕车香满路。凤箫声动，玉壶光转，一夜鱼龙舞。

蛾儿雪柳黄金缕。笑语盈盈暗香去。众里寻他千百度。蓦然回首，那人却在，灯火阑珊处。

此词描写的是元宵节的情景。上片写元宵灯会的繁华之景，那灯火灿烂绚丽，如同被东风吹得盛开在千万棵树上的花朵，又闪烁得好像流星雨一般。游人众多，雕饰华丽的马车络绎不绝，香囊脂粉的气味飘满了街道。乐声回响，而如玉壶般耀洁的灯，转动着光芒，各式的龙灯、鱼灯，舞动了一整夜。词人兼写了视觉、嗅觉、听觉的感受，以及人们整夜不寐、尽兴游赏的盛况，令人神往。

下片则写赏灯的女子，她们盛装打扮，头上戴着蛾型、金线制的柳丝状发饰，充满着笑语、散发幽微暗香地走过。但在热闹的众人之中，我寻了千百回，却一直找不着那个人，正感失望之际，却在忽然的一个回头，看到了那人，正独自站在灯火稀疏寥落的地方。

这首词表面的意思，像是词人与一个女子幽会于元宵节，一时间找不到人，却在灯火阑珊处，乍惊乍喜地发现原来女子就在那里。不过，中国的诗词可以联想的地方很多，尤其是这类描写爱情，却又不直接写明具体事件的诗词。加上辛弃疾是一个全心全意关心国家的人，就难免让人觉得，这首词不只有表面上的意义，而是另有深意。

所以，历来对于这首词以及"众里寻他千百度。那人却在，灯火阑珊处"的解读就有两种看法。一是认为词本来就是写艳情的，所以，辛弃疾有时以词来写感情，也很正常。此词只是它表面所呈现出来的意思，那个"他"也就是一名女子。

另一种说法，则认为这首词寄托了辛弃疾的怀才不遇，因为他在南宋并未受到重用。像梁启超就说这首词是"自怜幽独，伤心人别有怀抱"，夏承焘则更进一步认为，这首词中的"他"，表面是写"一个孤高、淡泊、自甘寂寞的女子"，所以才会独自站在灯火阑珊处，而不与世俗同乐。因此，这首词中的"他"，有作者自己人格的写照，表现出自己孤高的人格，而上片热闹的情景，则是用以把这点更加衬托出来。

认真说起来，两种解读都没有绝对的对与错。这也正是中国诗词有趣的地方，可以有很多想象空间，所以读者也可以用自己喜欢的方式去解读。虽然辛弃疾一直被认为是豪放派的词人代表，但是从这首词来看，其实他写婉约的词也能够写得很好，否则这三句词不会一直都这么出名。甚至，网络上的中文搜索引擎"百度"，其名字就是取自"众里寻他千百度"，据说该公司的会议室也叫作"青玉案"。

延伸知识 | 宋词里的"人生三境界"

王国维,字静安,是近代国学大师,他的著作《人间词话》,是一本影响深远的词学批评之书。他曾在书中说:

> 古今之成大事业、大学问者,必经过三种之境界:"昨夜西风凋碧树。独上高楼,望尽天涯路。"此第一境也。"衣带渐宽终不悔,为伊消得人憔悴。"此第二境也。"众里寻他千百度,蓦然回首,那人却在,灯火阑珊处。"此第三境也。此等语皆非大词人不能道。

这段话主要是说明,人要成就大事业或大学问,必得有一番努力的过程,这过程又可分为三个阶段的境界。第一个境界,是引用晏殊《蝶恋花》的句子:"昨夜西风凋碧树。独上高楼,望尽天涯路。"这本来是写秋日登高,看到草木凋零,而感到惆怅。但王国维借来说明,人生若要有所成就,就得明白在成长过程中,总是会有美好事物不断逝去,也会因而感到孤独,可是我们仍要"上高楼,望尽天涯路",也就是不断追求崇高的理想,并排除困惑。第二个境界,则是引用柳永的《凤栖梧》:"衣带渐宽终不悔,为伊消得人憔悴。"这两句本是写因相思而憔悴消瘦,但王国维借来比喻对于理想要执着、努力且不悔。第三个境界,是引用辛弃疾的《青玉案》,用以比喻经过长久努力之后,终会得到成功的惊喜,因为崇高的理想,往往都在难以追寻到的地方,而且,也不是我们能完全预料到的。但是,只要努力，必然还是会获得那份成果。

这样的三境界，虽然是"断章取义"的"移花接木"，有些违背了这些词的原意，却也是贴切的比喻，更能让读者体会到，中国诗词得以引发的联想实在是无限的。

三十九　上演宋代版《孔雀东南飞》的是哪位词人？

《孔雀东南飞》是东汉末年一首长篇巨制的乐府诗，叙述了一个凄美的爱情故事。这首诗的序说："汉末建安中，庐江府小吏焦仲卿妻刘氏，为仲卿母所遣，自誓不嫁。其家逼之，乃投水而死。仲卿闻之，亦自缢于庭树。时人伤之，为诗云尔。"意指庐江府有个小官吏，名为焦仲卿，他有个老婆名为刘兰芝，一直尽心学习家务，但仍不得焦母喜欢。焦仲卿有心居中调节，焦母却勃然大怒，逼焦仲卿把刘兰芝休了。碍于母命难违，焦仲卿只好与刘兰芝商量，让她先回娘家，等过一阵子，再找机会把她接回。但刘兰芝回家之后，却被自己的哥哥逼迫改嫁，于是改嫁当晚，刘兰芝投水自尽；而焦仲卿知道这件事情之后，也在一棵树下上吊自杀了。有人听了这个故事，觉得很哀伤，便作了这首诗，提醒后人不要再犯同样的错误。

不过，悲剧往往会一再重演，在南宋时也出现了类似的故事，这次的主角是南宋文豪陆游与其妻唐琬。陆游在二十岁时与唐琬成亲，婚后两人一直恩爱，但第二年陆游母亲就逼陆游休了唐琬，休妻的原因大致有以下两种说法：一、唐琬不孕；

二、陆游与唐琬过于恩爱，陆母怕耽误了陆游前途。于是陆游与唐琬被迫分开，而后两人又各自嫁娶。几年后，某天陆游到沈园（在今绍兴市越城区春波弄，宋代时是有名的园林）游览，恰好遇到唐琬和她的丈夫，陆游便有感而发，写下了一首《钗头凤》：

  红酥手。黄縢酒。满城春色宫墙柳。东风恶。欢情薄。一怀愁绪，几年离索。错！错！错！
  春如旧。人空瘦。泪痕红浥鲛绡透。桃花落。闲池阁。山盟虽在，锦书难托。莫，莫，莫！

这首词后来被唐琬看到，也和了一首《钗头凤》：

  世情薄。人情恶。雨送黄昏花易落。晓风干。泪痕残。欲笺心事，独语斜阑。难！难！难！
  人成各。今非昨。病魂尝似秋千索。角声寒。夜阑珊。怕人寻问，咽泪装欢。瞒，瞒，瞒！

或许是这次重逢所带来的刺激，不久后唐琬便去世了。而陆游虽一直活到八十五岁，但这当中，仍经常作诗怀念唐琬。例如，题名为《沈园》的两首绝句："城上斜阳画角哀，沈园非复旧池台。伤心桥下春波绿，曾是惊鸿照影来""梦断香消四十年，沈园柳老不吹绵。此身行作稽山土，犹吊遗踪一泫然"。由诗文看来，这两首是作于唐琬过世约四十年后。另有一首《春游》："沈家园里花如锦，半是当年识放翁。也信美人终作土，不堪幽梦太匆匆。"这是陆游约八十四岁那年重游沈园时所作，可见陆游到老了依旧怀念着唐琬。

和《孔雀东南飞》一样，相爱的爱侣被拆散后，遗留在他们心中的是无尽的痛苦。不过唐琬早死，陆游到老都还怀有遗憾，结局虽不如《孔雀东南飞》一般轰轰烈烈，却也令人唏嘘。而前面我们曾介绍过，这两首《钗头凤》在宋词中，是相当有名的和词，或许正是因为背后有这段故事吧！

延伸知识 | 执着的陆游

  陆游,字务观,号放翁,南宋人,祖籍越州山阴(今浙江省绍兴市)。他生于宋徽宗宣和七年,有八十五岁的高寿,大约是历史上活得最久的诗人。他非常擅于写诗,一生大约创作了一万首以上的作品,由于作品中经常强烈地对国家、时局表示关心,所以一直被定位成"爱国诗人"。他有一首《示儿》诗,最为脍炙人口:"死去元知万事空,但悲不见九州同。王师北定中原日,家祭无忘告乃翁。"陆游主张南宋北伐,从金朝手中收复中原,本身也投身过军旅生活,但由于当时朝中有一派是主张与金朝和平相处的,他们经常阻挠像陆游这样的人,使得他有志不得伸展,因此他只能将悲愤的心情化为诗篇。这首《示儿》作于他死前,表示出未能在生前见中原收复的遗憾,但仍叮嘱孩子:若有一天北伐成功了,千万不要忘记在祭拜时告诉我。其关怀国家之情表露无遗。

  至于陆游的词,跟他的诗比起来,比较不知名,也较少写爱国一类的题材,但仍有佳作,例如这首《诉衷情》就呈现出他壮志难酬的感慨:

    当年万里觅封侯,匹马戍梁州。关河梦断何处,尘暗旧貂裘。
    胡未灭,鬓先秋,泪空流。此生谁料,心在天山,身老沧洲。

其实，我们若从以上所列举的几篇作品和他的故事来看，可以看出陆游在感情上是非常执着的，无论是对爱情还是国家，他都在死前仍然牵挂着无法放下，是真正的至死不渝。也或许正因这股执着，才能让他留下这些千古名作，到今天仍能令人感动。

四十　南宋最佳作词作曲人是谁？

在北宋，词曲兼擅的第一把交椅是周邦彦，而南宋，就非姜夔莫属了。

姜夔，字尧章，号白石道人，饶州鄱阳（今江西鄱阳）人。他的一生都不是很得志，早年生活环境不大好，父亲曾任湖北汉阳知县，姜夔自幼就随父亲到任，离开家乡，但父亲早逝，后来他又寄居在已出嫁的姊姊家中。他参加过好几次科举，但都榜上无名，为了生计，他在扬州、合肥一带游历。当时，常有一些文人因为比较落魄或不得志，就会尽量借着诗文等作品展现才华，以期获得位高权重者的赏识，姜夔也是其中之一。后来，姜夔三十二岁时，认识了当时的著名诗人萧德藻。萧德藻很欣赏他，不仅将自己的侄女嫁给姜夔，带他居住在湖州，还把姜夔介绍给杨万里、范成大等当时的大诗人，也受到了赏识。

后来，萧德藻离开湖州，姜夔搬到杭州居住，由张鉴、张镃资助生活，就这样过了很长一段时间，直到张鉴过世。失去援助后，姜夔的生活每况愈下，还遇到杭州发生大火灾，房屋、家产尽失，更加困顿。加上他先前屡次考不上科举，又不愿意巴结奉承地攀关系，所以生活一直好不起来，只能在金陵、扬州等地奔波讨生活。他晚年病逝于杭州临安，身后事还是靠好友资助才办好的。

但姜夔很有才华，据说相貌、气质也很好，这样的词人自然会有爱情故事。例如他曾到合肥，认识了一对在当歌伎的姊妹，对她们产生了爱恋；也有一说，是姜夔只爱恋这对姊妹的其中一人，只是三人交往甚密。所以，姜夔经常在词中提到她们两位，只不过，姜夔这段恋情终究没有结果，只能借由词来抒发其相思之情，我们也可从这些词中，看出他对合肥恋人的一往情深。这和以往的词人写歌伎时有很大的不同，以前的词人写到歌伎，对象可能很多个，也多有逢场作戏的意味在里面，但姜夔对这恋人却是一再想念，难以忘怀。据说，范成大曾赠与姜夔一名家伎小红，可能就是为了安慰姜夔与合肥姊妹分开的伤痛。而姜夔的一些词中，虽然也有小红的身影，但论用情最深的，还是合肥的恋人。

姜夔词的特色，以张炎的评论最有名。他在《词源》里说："词要清空，不要质实，清空则古雅峭拔，质实则凝涩晦昧。姜白石词如野云孤飞，去留无迹。"认为姜夔的词是"清空"的，好像孤飞在天空中的野云，来去无痕迹。更具体一点说，就是写事物时不着重在其外貌，而着重在其神韵与内在，写得要雅，不可俗气。以题材来说，则写恋情、咏物、忧国、羁旅等为多，也都各有特色和价值。

至于创调方面，犯调、截取大曲子中的一部分成新曲调、改变旧有词牌的声韵等，都是他创作的方式。另外，他也会先作歌词后，再根据歌词谱曲。例如他在《长亭怨慢》的序中所说:"予颇喜自制曲,初率意为长短句,然后协以律,故前后阕多不同。"这就是先有词再有曲的创作方法,所以词中的情感和谱上的曲调可以更紧密结合,而不致使歌词必须一直迁就音乐,受到音乐的束缚,但这必须是熟悉音律,能创作曲调的人才能如此。在他的词作中,还有十七首作品注有工尺谱(古代一种记谱的方式,亦即一种乐谱),对于宋代音乐已亡佚的今天,是重要的宋代音乐资料。

延伸知识 | 最会写词序的人是谁？

词在一开始时只有词牌名，但后来逐渐有人想要记录作词的背景、动机，或记录与此词相关的事情，就出现了词序，通常是一句或几句话，置于词作之前。先开始用词序的是张先，而后苏轼、黄庭坚等人也开始效仿。到了南宋，愈来愈多人用词序，像辛弃疾、姜夔等人。一般的词序都不会写得太长，只当作一种纪录，但姜夔却是较为用心地在写序。

在姜夔的词序中，不仅会载明作词的时、地、动机，有时也会论及音律的问题，所以让后人对于他的生平、行踪等能更加了解，也有助于理解宋代的音乐。除此之外，他还有部分的词序篇幅较长，且注重修辞、词语优美，像一篇短文一样，如《一萼红》之序：

> 丙午人日，余客长沙别驾之观政堂。堂下曲沼，沼西负古垣，有卢橘幽篁，一径深曲。穿径而南，官梅数十株，如椒如菽，或红破白露，枝影扶疏。着屐苍苔细石间，野兴横生。亟命驾登定王台，乱湘流入麓山，湘云低昂，湘波容与，兴尽悲来，醉吟成调。

这段词序就像一篇隽雅的散文，能进一步引发词作内容的情感，让读者阅读时，感受更深刻且丰富。

四十一　宋词中的哪位词人，堪比唐诗中的李商隐？

《四库全书总目提要》曾提到："词家之有文英，如诗家之有李商隐。"这是把唐代诗人李商隐与宋代词人吴文英做了比拟。

如果曾参加或观看过歌唱比赛的话，就会知道，当前面的参赛者唱得特别好时，后面的人就会更加紧张，深怕自己的表现被比下去，这时若想拿到好名次，自然就要想办法超越前面的参赛者。同样的道理，诗发展到晚唐，出过这么多成就很高的诗人，好的句子及创作手法，都被前面的人写尽了，这时候想要有好的表现，就得再有所创新或突破才行。而李商隐做到了，发展出他个人独特的诗风。同样的道理，词发展到南宋也已经到达了一个瓶颈，这时，也是吴文英能再有所突破。

吴文英，字君特，号梦窗，他一生都没做过官，但平常多和一些达官贵人有交往，例如吴潜、贾似道、史宅之等等。他常在苏州、杭州一带活动，也写下不少怀念恋人的词。研究吴文英有成的近代词学家如杨铁夫、夏承焘等人，便对他的生平与词作进行了考证。虽然说法不尽相同，但目前较为公认的说法，大抵是吴文英曾有两段刻骨铭心的恋情，一是与在苏州所纳的妾，但这个爱妾后来离开了他；另一段则是与杭州的恋人（或说妾），但是这个恋人后来过世了。这两段感情都令他很伤心，所以他也常在词作中抒发怀念、悼念之情，而留下非常感人的作品。此外，因为他身处南宋末年，在国势衰微的状况下，也有些词作是对于国家社会的感慨和关心。

吴文英的词很特殊，也不好读懂，主要在于他所使用的文字与用典都比较艰深。而且，他也像周邦彦一样，善于使用时间的跳跃，甚至有过之而无不及。可是，若读懂他的词，就会发现其中充满感动人心的力量，可以说他是既潜心于词的艺术手法，又能兼顾真实情感抒发的词人，因此又为宋词开创出一番新局面。可是，也因为他的词难懂，所以历来评价不一。像宋代词论家张炎就说："吴梦窗词如七宝楼台，炫人眼目，拆碎下来，不成片段。"就是针对他的词不好懂，且词中的叙述、时空经常跳来跳去，令人费解而下的评论。确实，吴文英的词常看起来错综复杂、虚实交错，有时候还写梦境，所以有的人不喜欢，但若读懂了其中的意思，会发现他的词内在还是有逻辑性的，而且安排得很巧妙，是可以一再玩味的。

而《四库全书总目提要》会把李商隐和吴文英并论，是针对他们在词、诗作风格上的相似性所下的评论。李商隐的诗也晦涩难懂，但艺术手法精妙，而且也是读懂之后能有感人之处。加上两人同样都处于一个朝代的末年，又能将一个已经蓬勃发展的文体再开出新的路来，难怪会被拿来比拟了。

延伸知识｜吴文英的人品不好吗？

　　前面曾说过，吴文英一生都没有做官，但是和许多达官贵人有所往来，其中他和吴潜、史宅之的关系相当密切。吴潜曾经担任过左丞相，为人正直，颇有作为，但与当权的贾似道不合。贾似道在《宋史》中被归类为奸臣，由于他的姐姐是宋理宗的贵妃，靠着这层关系，贾似道获得起用。他性格阴险，曾假冒军功；排挤人才，在朝中专权了十几年；不顾国事，反而恣意享乐。且吴潜之所以会死，也是因为贾似道的陷害。而吴文英与吴潜交好，却又曾赠词给贾似道，因此被人所诟病，认为他阿谀权贵，攀附关系，进而也影响了对其词作的评价。

　　但是，也有人为吴文英说话。首先是吴文英虽与这些权贵交好，但似乎只有来往，而没有求取官职。再者，他所赠与贾似道的词，多是在贾似道当权之前。即便是当权之后有赠词，但当时本就有许多人投贾似道所好而献词，特别是他生日时，所以吴文英这样做也无可厚非。因此，也不能说他的人品有很大的问题。

　　由于吴文英没有做过官，所以正史中没有他的记载，目前关于他的资料多只能靠考证，因此他的人品好坏，难免无法定论。但无论如何，他的词依旧很有价值，也不应因为怀疑其人品，就连带认为作品也不好。

四十二　劲歌金曲之一：
　　　　苏轼《江城子·密州出猎》

　　老夫聊发少年狂。左牵黄。右擎苍。锦帽貂裘,千骑卷平冈。为报倾城随太守,亲射虎,看孙郎。
　　酒酣胸胆尚开张。鬓微霜。又何妨。持节云中,何日遣冯唐。会挽雕弓如满月,西北望,射天狼。

北宋神宗曾采取王安石的政见,推行新法,但苏轼是反对新法的,与王安石也理念不合,在政治上便遭到打压。于是他自请调去外地任官,先到了杭州,接着又到密州担任通判一职。这首词就是写神宗熙宁八年苏轼任密州通判时,一次狩猎后的有感而发。

"老夫聊发少年狂。左牵黄。右擎苍。锦帽貂裘,千骑卷平冈。"苏轼写这首词时大约四十岁,所以自称"老夫",并说自己是姑且发一下少年人的狂气,左边牵着黄狗,右边牵着苍鹰,再戴上织锦帽子,穿起貂皮裘衣,准备好出猎的装备后,便带领着许多人马,席卷山冈。

"为报倾城随太守,亲射虎,看孙郎。"出猎后,苏轼看看四周，民众倾城而出追随于他。为了报答这些人，他决定亲自表演射虎，就像三国的孙权也曾经英勇地与虎搏斗一样。

"酒酣胸胆尚开张。鬓微霜。又何妨"描述了更豪气的壮怀。因为酒能壮胆，所以酒酣耳热之后，胸怀与胆量都放开了。即使已经初老，鬓边微微发白，那又有什么关系呢？

"持节云中，何日遣冯唐。"这两句是有典故的，《史记》有记载，汉文帝时，云中（约在今中国内蒙古和山西部分区域）太守魏尚，抵御匈奴有功，但因为一次与匈奴的战役中，上报杀敌的人数浮报了六个，被文帝下令削爵。而后冯唐替魏尚说话，文帝就命冯唐持节（古代使者所持的一种信物）去赦了魏尚的罪，恢复他的官职。在这里，苏轼其实是暗喻自己在政治上也是有抱负的，希望有朝一日能再受皇帝重视，派遣像冯唐一样的人来再度起用他。

"会挽雕弓如满月，西北望，射天狼"则是在豪气地出猎后，所激起的雄心壮志——期望自己有一天能够出使边疆，亲自上阵杀敌，将宋代的边患一举解决。这里的"西北"，指的是宋朝西边的西夏与北边的辽，并将其比喻成象征侵略与战争的星宿天狼星。同时，这个志愿点明之后，更能和前面抵御匈奴的魏尚典故做呼应。

苏轼是写豪放词的始祖，他自己也说，这首《江城子·密州出猎》写出来的风格，与当时流行的风花雪月题材是不同的，且可以让壮士吹笛击鼓来唱，不似传统，都要由美丽的歌伎来表现。可见，苏轼此词，在当时就已经是有意当成劲歌来写的，颇有自己的创意。

延伸知识｜苏轼密州时期的词作

在密州的这段期间，算是苏轼创作的一个重要时期，尤其是词。这时期他所作的词开始有许多转变，突破了以往大家创作词时题材与主题上多为感情描写的局限。除了《江城子·密州出猎》以外，还有一首脍炙人口的《江城子·乙卯正月二十日夜记梦》，是悼念他亡妻之作，在此之前，还不曾有词人作词悼念亡妻的，这一点我们在第十四单元中也有提过。

再来，就是那首更加出名，还曾被邓丽君、王菲翻唱过的《水调歌头》：

> 明月几时有，把酒问青天。不知天上宫阙，今夕是何年。我欲乘风归去，又恐琼楼玉宇，高处不胜寒。起舞弄清影，何似在人间。
> 转朱阁，低绮户，照无眠。不应有恨，何事长向别时圆。人有悲欢离合，月有阴晴圆缺，此事古难全。但愿人长久，千里共婵娟。

这首词前有个小序说："丙辰中秋，欢饮达旦，大醉。作此篇，兼怀子由。"说明这首词是他想念弟弟苏辙而写的。借词思念手足，以及词中那达观的思想，在以前的词作中也非常少见。

此词的上片，是因中秋有感而发，苏轼把酒问天，不知道明月是何时就有的？而月亮上的宫殿又有多少年了呢？我想要乘风到月亮上去，又怕那宫殿虽美丽，却因太高而过于清冷，便在月光下与影子一同起舞,这样也像是在天上一般了。下片则写那月亮缓缓绕着朱红色的阁楼而转,月光渗入窗中,照着无眠的人。月亮本身没有爱恨,但为何它的圆满会让分离的人们触景伤情?其实,人生本来就有悲欢离合,自古以来皆是如此,只希望亲人能长久平安,就算分隔千里,也能共赏这轮美丽的明月。

这首词由景生情,也显示出苏轼能把个人在人生上的失意、与胞弟的离情,化成一种超然豁达的态度。由以上介绍可知,苏轼密州时期的作品,确实有很大的转变与突破,这样的创作方式,对后来的词人也产生了深远的影响。

四十三　劲歌金曲之二：
　　　　岳飞《满江红·写怀》

　　词中有情意绵绵的情歌、伤心欲绝的悲歌，自然也有热烈激昂的劲歌。这些劲歌总是呈现出奔放、豪迈的情感，读来或令人感到热血、受到鼓舞。现在，让我们来看看词中最有代表性的劲歌——岳飞的《满江红·写怀》。

　　　　怒发冲冠，凭阑处、潇潇雨歇。抬望眼、仰天长啸，壮怀激烈。三十功名尘与土，八千里路云和月。莫等闲、白了少年头，空悲切。
　　　　靖康耻，犹未雪。臣子恨，何时灭。驾长车踏破、贺兰山缺。壮志饥餐胡虏肉，笑谈渴饮匈奴血。待从头、收拾旧山河，朝天阙。

　　岳飞的这首词，可以说是千古绝唱，里面写出了一个忠贞将士慷慨激昂的心情、英姿勇猛的形象，令人为之动容。
　　有句话叫"敌人的敌人就是朋友"，可是当你与那位"朋友"联手灭掉敌人之后，依旧还会是朋友吗？在北宋末年，宋朝廷决定"联金灭辽",结果辽被灭了,金也顺便把北宋灭了,俘虏了宋徽宗、钦宗,占领北宋首都和中原地区,建立起他们的政权。而宋康王赵构则到南京应天府即位,成为宋高宗,统领剩下的南方疆土,历史称之为南宋。而此词就是以高宗初年抗金为背景所写的。

"怒发冲冠,凭阑处、潇潇雨歇。抬望眼、仰天长啸,壮怀激烈。"这个开头,说明了岳飞愤怒激动的心情。他登上高处,凭栏远望,原本潇潇的雨声已停歇了,但他仍愤怒不已,头发因生气而直往上竖,都要将帽子冲掉了。他抬头望向远方,仰天长啸,但也无法停止内心激烈澎湃的情绪。这一切,都是因为看见国破的景象,使他非常痛恨金人的侵略。

"三十功名尘与土,八千里路云和月。莫等闲、白了少年头,空悲切"是他回顾过去的所作所为,以及遥想抗金之路的漫长与艰难。岳飞认为,他已活到三十岁,但是对国家的功劳和贡献还很渺小,就像尘与土一样,所以他更要向抗金事业迈进,逐一收复广大"八千里路云和月"的国土,免得将来年华老去,才后悔年轻时没有好好把握收复山河的时机。

"靖康耻,犹未雪。臣子恨,何时灭。驾长车踏破、贺兰山①缺。壮志饥餐胡虏肉,笑谈渴饮匈奴②血"写徽、钦二帝被

---

① 贺兰山位于中国内蒙古和宁夏的交界处,在古代是匈奴、鲜卑、党项等民族的活动地区。宋朝时,党项人建立起政权,名为"大夏",历史上又称为"西夏",贺兰山即为当时西夏的领土。

② 这里"匈奴"是比喻金人。而"匈奴"这个民族,在汉代以前为中国的一大外患,但在西汉与东汉交替时,分裂成南匈奴与北匈奴。南匈奴臣服于汉,北匈奴则于公元一世纪末被汉朝击溃之后,开始大量往今天的欧洲迁徙,所以宋代应当是没有这个外患的存在了。此一名词在宋代也非像汉朝一样实指某一民族,宋人会在诗词中用到匈奴一词,只是借来做外侮的象征、比喻。

掳，这靖康之难的国耻还未雪清，身为臣子的恨，何时才能灭？这里更表现出他忠君爱国的情操。而正因国仇未雪，所以要驾着战车，踏破敌人的阵营，饿了就豪迈地吃掉这些敌人的肉，渴了就在谈笑间喝掉敌人的血，才能消去心头之恨。

"待从头、收拾旧山河，朝天阙"也是岳飞的心愿，希望不仅能打场胜仗，也能帮助朝廷收复旧时山河，回去拜见皇帝。

看完这首词，我们或许能明白其传唱不绝的原因。主要是从词中可以感受到岳飞那用尽心力、勇往直前的气魄和坚持，以及满腔的热血，都是想为国家、为沦陷在金人统治下的宋代人民，争取回原本的东西。而且那是一个内忧外患的时代，外有敌人不说，朝廷内也有不少小人。岳飞处在这样的情况中，仍然勇往直前，坚持到底，这种精神令人感动。而他最后断送在奸臣秦桧的手中，更是令人惋惜。

延伸知识 |《满江红·写怀》不是岳飞写的?

　　清朝有位文人,名叫余嘉锡,首先开始怀疑这首《满江红·写怀》不是岳飞写的,原因是岳飞的孙子岳珂曾撰《金陀粹编》这本书替岳飞喊冤辩白,里面也收集了不少跟岳飞有关的史料、作品等,但是《满江红·写怀》却没有被收录到《金陀粹编》里面。再来,这首词目前可见的最早踪影,是在明代杭州岳飞坟前的碑石上,而这之前没有出现过,也没有相关记载,所以许多人怀疑,这首词其实是明代的人写的,再假托岳飞之名。词中还有一个地方令人怀疑,就是"贺兰山"这个地名。贺兰山在当时是西夏的领土,但岳飞抗的是金,所以这点也非常奇怪。

　　这些疑点提出后,引起不少争议。因为也有人认为"贺兰山"可以和"匈奴"一样,只是一种对异族领土的泛称及象征。而且宋、明之间是元朝统治,蒙古人不喜欢这些具有反对外族意识的作品,所以有可能被禁,大家也不敢流传这样的作品,直到明代才被显露出来,因此不能断定这首词不是岳飞写的。

　　由于争议很多,这首词到底是不是岳飞所写,可以说是桩悬案。如果单从文学欣赏的角度来看,它确实有艺术价值,(岳飞总共只留下三首词,另外两首其实也写得不错),但此词如果脱离了岳飞的故事,意义与感动就少了许多。且它就算是后人伪作再假托岳飞,那这个作者也称得上是帮忙代言。所以不论是不是岳飞写的,这首词都不能脱离岳飞而独自存在。

四十四　劲歌金曲之三：
　　　　张孝祥《六州歌头》

　　长淮望断，关塞莽然平。征尘暗，霜风劲，悄边声。黯销凝。追想当年事，殆天数，非人力，洙泗上，弦歌地，亦膻腥。隔水毡乡，落日牛羊下，区脱纵横。看名王宵猎，骑火一川明。笳鼓悲鸣。遣人惊。
　　念腰间箭，匣中剑，空埃蠹，竟何成。时易失，心徒壮，岁将零。渺神京。干羽方怀远，静烽燧，且休兵。冠盖使，纷驰骛，若为情。闻道中原遗老，常南望、羽葆霓旌。使行人到此，忠愤气填膺。有泪如倾。

　　这首词约作于南宋孝宗隆兴元年前后。那时，宋金正如火如荼地开战，但隆兴元年宋军在符离大败，宋朝朝中的政治局势开始倾向议和，因此主张讲和的主和派开始得势。隔年，双方订下和议，约定以淮水为两国交界，且南宋每年须支付大笔金钱给金国。此词就是在这样的背景下写成的。
　　"长淮望断，关塞莽然平。征尘暗，霜风劲，悄边声。黯销凝"写的是词人站在长长的淮水防线上远望，看见关外的平原，草木生长得非常茂盛,但在这一带,风尘黯淡,风霜强劲,且悄无人声,令人伤神。

"追想当年事,殆天数,非人力,洙泗上,弦歌地,亦膻腥①"是说,追想当年,靖康之难造成了今天的局面,但这一切都是天命,而非人力可改。原本孔子讲学的地方,如今也要沾染了金人的腥膻之气。明白指出中原地区的人民沦陷于金国的惨状。

"隔水毡乡,落日牛羊下,区脱②纵横。看名王宵猎,骑火一川明。笳鼓悲鸣。遣人惊。"感叹宋与金仅是一水之隔,然两边的情形却相差很多。以前本是宋朝领地的淮河以北,如今已尽是金人的天下。在那里,已布满金人的毡房③和放牧的牛羊,还有建立好的哨岗纵横分布在各地。晚上时,金国的将领贵族们出来打猎,火把多得照亮了河川。他们的笳、鼓声,使人听了心惊。

"念腰间箭,匣中剑,空埃蠹④,竟何成。时易失,心徒壮,岁将零。"下片转而抒发自己的壮志未能实现。词人以自己的兵器都生了尘土和蛀虫,来比喻主和的声势当头,因此抗金杀敌的抱负不得施展,以至于今天还无所成就。同时,他也感慨时间和机会容易消逝,而自己的年华也将老去。

---

① 洙泗,指洙水和泗水,皆位于山东。和下句"弦歌地"一起看,可指孔子讲学的地方,并引申为经过儒家文化熏陶的地方。"膻腥"则是指金人畜牧的牛羊发出的腥膻之气,用此比喻中原地区已被金人所占领、染指。
② 区脱,金人的一种哨岗。
③ 毡房,金人用毡毛所做的帐篷。
④ 埃蠹,指尘埃和蛀蠹。

"渺神京。干羽方怀远，静烽燧，且休兵。冠盖使，纷驰骛，若为情。"此处笔锋一转，写以前的京城还那么渺远，虽然议和可暂时休兵，然而这岂为良久之计？宋金两方的使者，往来频繁，更使词人感到羞愧。

"闻道中原遗老，常南望、羽葆霓旌。使行人到此，忠愤气填膺。有泪如倾"则痛念中原地区的遗民，他们非常希望能再回归南宋，所以频频南望，但最终他们的热切盼望变成失望了。有感于此，不禁将忠愤之气化成了满脸的眼泪。

这首词表现出词人对于主和的不满，觉得一味地与敌人议和，不是长久之计，只会让敌人更加得寸进尺，而且也救不了还在北方水深火热之中的宋朝人民。像这样的词作，在南宋其实挺常见的。从岳飞、辛弃疾的词作，我们也可看出这些词人是如何关怀忧心国事的。这自然是受到了南宋时代环境的影响，因而与以往那些描写爱情、美女的词作，形成强烈对比；也凸显出，词这种文体，其实在创作上是没有太多局限性的。

延伸知识 | 爱与苏轼较量文采的张孝祥

　　张孝祥,字安国,号于湖居士。据说他很喜欢苏轼,《四朝闻见录》记载:"尝慕东坡,每作为诗文,必问门人曰:'比东坡何如?'门人以'过东坡'称之。"这段话意思是说,他每每写了诗文,都要问人说跟苏轼相比如何?后来大家都会跟他说,写得比苏轼好。而张孝祥的词,在苏轼到辛弃疾之间起了承先启后的作用,所以,在苏辛所代表的豪放词派中,他是个值得注意的词人。

　　张孝祥约二十三岁时以第一名考上进士,很受宋高宗赏识。他是一个刚正有气节的人,当岳飞因为秦桧而入狱时,张孝祥曾上书给高宗,替岳飞说话,但也因此得罪了秦桧,跟着入狱,一直到秦桧死后才洗清罪名。他在宋孝宗时任中书舍人,后又因张浚的命令而留守建康。张孝祥是倾向主战的,支持当时的抗金大将张浚,但符离之战失败,主和派因此势力崛起。不久之后,张孝祥受到主和派的打压,往后一直不得志,结果竟年纪轻轻的,三十八岁便因忧成疾而过世了,相当可惜。

四十五　劲歌金曲之四：辛弃疾 《破阵子·为陈同甫赋壮语以寄》

　　醉里挑灯看剑，梦回吹角连营。八百里分麾下炙，五十弦翻塞外声。沙场秋点兵。
　　马作的卢飞快，弓如霹雳弦惊。了却君王天下事，赢得生前身后名。可怜白发生。

　　这首词是送给陈亮的。陈亮与辛弃疾同为主张抗金的一派，所以志同道合、声气相投，时常互有书信、词作的往来，一起抒发抗金的壮志。这首词即为其中之一。
　　"醉里挑灯看剑，梦回吹角连营"是写词人喝醉的情景。在酣醉中，他挑明了灯火，凝视手中的剑，直到随着醉意入睡。梦里，他回到军营之中，听到各个军营中传来的号角声。
　　"八百里分麾下炙，五十弦翻塞外声。沙场秋点兵"是写作者的梦境，也可以说是回忆。"八百里"在这里是指牛，这个典故出自《世说新语·汰侈》①。相传王恺有一头很好的牛名叫"八百里駮",所以这里是以"八百里"借指牛。"八百里分麾下炙",就是把烤牛肉分给部下吃的意思,表示将士们是同甘共苦的,将领有好的粮食,就必会和属下分享。"五十弦"是乐器的泛称,"翻"则是演奏的意思,这个字带出了军中乐曲的紧张急促。而"沙场秋点兵",是形容点兵时的壮阔场面。

"马作的卢飞快,弓如霹雳弦惊"中的"的卢",是一种很有名的马,相传刘备就是骑乘的卢。有一次,蔡瑁设计要害刘备,刘备慌忙逃出,却在途中遇上了宽阔水深的檀溪,在走投无路之下,的卢竟一跃三丈(约十米),越过檀溪,救了刘备一命。而"弓如霹雳弦惊"则是指拉起弓弦射出箭的力道是很强的,就像那迅急且巨大的雷声。从"八百里分麾下炙"到"弓如霹雳弦惊",都是在形容军中雄壮威武的场面。

"了却君王天下事,赢得生前身后名。可怜白发生"讲出了辛弃疾的心声,也让那壮阔的梦境陡然回到了现实。现实中,辛弃疾是希望"了却君王天下事",也就是期望帮皇帝解决与金朝的问题,在生前和死后都能留下名声。而"可怜白发生"则带出两层意思:一是若真解决了天下事,那英雄恐怕也差不多

---

① 《世说新语·汰侈》专门记载贵族们奢侈的故事。其中有一个故事是这样的:王恺有一头很好的牛,名叫"八百里駮",他经常装饰这头牛的角、蹄。有一天,王济和王恺打赌射箭,说:"我的技术不如你,若是赢了,就给我那头牛;我若输了,则给你千万钱。"王恺自认射术了得,也认为这么好的牛,王济就算得到了也没有杀掉的道理,便答应了,还让王济先射箭。结果王济一箭就射中靶心,便命人马上将牛心取出来。过没多久,烤牛心就上桌了,王济只吃了一口就离开。这故事反映了王济对于稀奇的良牛也不当一回事,可见其奢侈。而辛弃疾于此处只是借用了故事中的"八百里駮"来指烤牛肉。

老去了，有种现实中的无奈，毕竟年华的老去是英雄的大敌。另一层意思，则是感叹自己不受朝廷重用，有志难伸，以致白发已生，却一事无成，而梦中的豪气，就只能留在梦中。像这样充满理想和壮志的梦境，代表了词人心中莫大的激情，再拿来与残酷不得志的现实做比对，的确能将词人心中那股壮志难酬的感触写得更为深刻。

延伸知识 | 辛弃疾的盟友兼词友

陈亮，字同甫，号龙川先生。浙江永康县（今永康市）人。生于宋高宗绍兴十三年，卒于宋光宗绍熙五年，年五十一岁。他从小就熟读各类史书，对军事方面也很有研究。根据《宋史·陈亮传》的记载，他年轻时，就因为擅于写军事方面的文章而小有名气，也在很年轻的时候就已经主张抗金，可惜一直没有受到皇帝的重视。

直到淳熙五年，他再次上书宋孝宗，终于引起了孝宗的注意。但是，主张抗金的人在朝中总是受到主和派的打压和排挤，陈亮又是很正直的人，所以跟许多朝廷官员总是不合，于是，很快地又不受重用了。这以后，他虽然还是多番发表主张，不断上书给皇帝，却受到重重阻碍，甚至被政敌陷害，两次因莫须有的罪名而入狱。一直到他五十岁的时候，才被拔擢为状元。可惜天不假年，也或者他真的没有做官的命，五十一岁时就过世了，没有机会实现他的理想。

由于主张相同，辛弃疾和陈亮成为好友，他还曾把陈亮比喻成陶渊明，对他有很高的评价。他们两人常以词作唱和、来往，陈亮在词中，也经常抒发他对抗金的看法，或是用议论的方式来写词。最有名的为《念奴娇·登多景楼》，可以说是他对于如何抗金的精彩议论，虽然词的名气不如辛弃疾，但在词里擅用典故史实、论说观点、抒发抱负等特点，和辛弃疾多有相似之处。所以，这两人既是理想上的盟友，也是文学上的词友，而有志难伸的境遇又相同，难怪两人会如此相知相惜。若想多了解辛弃疾的词，则陈亮的词也是可以参考的。

四十六　劲歌金曲之五：辛弃疾《永遇乐·京口北固亭怀古》

千古江山，英雄无觅，孙仲谋处。舞榭歌台，风流总被，雨打风吹去。斜阳草树，寻常巷陌，人道寄奴曾住。想当年，金戈铁马，气吞万里如虎。

元嘉草草，封狼居胥，赢得仓皇北顾。四十三年，望中犹记，烽火扬州路。可堪回首，佛狸祠下，一片神鸦社鼓。凭谁问，廉颇老矣，尚能饭否。

京口位于今天的江苏镇江，是三国孙吴时建立起来的，内有一座北固亭（又名北顾亭、北固楼）。此词作于宋宁宗开僖元年，当时，辛弃疾在镇江担任知府。他登上北固亭后，因缅怀过往历史而写下这首怀古词，但他也不是单纯怀古，而是为了借古鉴今，抒发当时他对于时局的看法。

"千古江山，英雄无觅，孙仲谋处。舞榭歌台，风流总被，雨打风吹去。"这段话是说，千古江山如旧，但像孙权一般的英雄，逝去之后便无处找寻了，而曾经的繁华热闹、英雄的风流潇洒，经过历史长期的风吹雨打，也早已消失。这里会提到孙权,第一是因为京口为孙吴所建;第二是辛弃疾对于孙权抗衡曹操、刘备等人的雄才大略很是欣赏;第三,孙吴地处江南,与北方的曹操敌对的历史,和宋金对峙也类似,所以就在此处歌颂了孙权。

"斜阳草树,寻常巷陌,人道寄奴曾住。想当年,金戈铁马,气吞万里如虎","寄奴"是南朝宋武帝刘裕的小字,京口刚好是他的出生之地,"斜阳草树,寻常巷陌"便是指他曾在京口居住的地方。同时,也是他起兵北伐灭了南燕、后秦。"想当年,金戈铁马,气吞万里如虎"就是追想当年宋武帝的意气风发。

"元嘉草草,封狼居胥,赢得仓皇北顾"。"元嘉"是指南朝宋文帝刘义隆的年号。在元嘉二十七年时,文帝命王玄谟出兵北伐,结果因为太过草率而失败,"草草"就是在形容这个状况。"狼居胥"则是山的名称,在今内蒙古西北。汉朝的时候,霍去病曾在此攻打匈奴,获得大胜,并宣示了汉家天威。而据《宋书》记载,宋文帝想讨伐北魏,王玄谟就积极献策,文帝听了之后很动心,便兴起效仿霍去病"封狼居胥",以汉人大败外族的想法,可是,结果却"仓皇北顾",北伐失败,狼狈而回。

"四十三年,望中犹记,烽火扬州路。可堪回首,佛狸祠下,一片神鸦社鼓。"这里是说,辛弃疾从投靠南宋到任镇江知府,已经四十三年了,他还记得南归前与金人在扬州交手的情况。而"佛狸"是魏太武帝拓拔焘的小名,他击败王玄谟后,又继续挥师南下,在长江北岸建立了行宫,也就是"佛狸祠"。而此祠中,现在已是一片的乌鸦叫声和社鼓声。

"凭谁问,廉颇老矣,尚能饭否"是用廉颇的典故。廉颇曾离开赵国,后来赵王希望将其召回,但又担心廉颇已老,不堪重用，便派遣使者去探视廉颇。廉颇的体力其实还很好，但使者被别人收买了，便回报说廉颇只一餐饭的时间内就上了三次厕所，于是赵王以为廉颇已老，就没有再起用他。这里是辛弃疾以廉颇自比，说自己虽已老，但还是希望能受到朝廷重用，他愿再为北伐金人出力。

辛弃疾写此词时，朝中有个权臣叫韩侂胄，正积极地筹划北伐，而辛弃疾虽赞成北伐，却认为此刻不适合贸然出兵，要等做好万全准备再说。所以这首词是针对这件事情而写的，在词的上片与最后三句，表示出自己仍想北伐的决心壮志；中间却以过去失败的例子为戒，提醒勿重蹈覆辙。能融贯古今，又兼抒发心志和看法，这首词可说是相当的难得。

延伸知识 | 韩侂胄主张的北伐为何失败?

韩侂胄是南宋宁宗时的权臣,受宁宗的赏识,但韩侂胄因与朱熹不合,禁绝了理学,造成人心渐失。后来,韩侂胄开始主张北伐,想借此巩固地位。这一主张虽然别有用心,却赢得了很多支持,辛弃疾、陆游等也在此时开始和他有较多的往来。但是由当时宋金二国的形势来看,主张北伐其实是很冒险的,一方面是两边实力相当,一方面也是金宁宗治国有道,在没有强烈不得已的动机或者必胜的把握下,不该贸然北伐。辛弃疾不支持此刻北伐,却不能贸然上谏,因为韩侂胄根本听不进去,还把反对者贬官或送入监狱,只好作词表示自己的看法。

但韩侂胄仍坚持加快北伐的行动,还追封岳飞为鄂王,谥号武穆,革去了秦桧的官爵。北伐过程准备草率、用人不当,结果当然是失败了,韩侂胄也因此丢了性命,在历史上留下褒贬不一的评价。

四十七　经典伤心情歌之一：范仲淹《苏幕遮》

离别，向来是人生中无法逃避，却又令人备受煎熬的一件事。由于每个人都会有这样的经验，而词又适合拿来抒情，所以这些描写离别、相思之情的作品也非常多。加上不论古今的读者也多有过这样的经验，就更容易引起共鸣。

现在，我们可以先来看这首经典的伤心离歌——范仲淹的《苏幕遮》：

> 碧云天，黄叶地。秋色连波，波上寒烟翠。山映斜阳天接水。芳草无情，更在斜阳外。
> 黯乡魂，追旅思。夜夜除非，好梦留人睡。明月楼高休独倚。酒入愁肠，化作相思泪。

秋天，是令人落寞的季节，因为秋天一到，一草一木的凋谢都特别明显，气温也转冷了，很容易引起人的伤感。毕竟，每天所见都是生命的凋零，而如果心中本就有忧愁的情绪，看到这样的景象，心情自然更加沉重。

这首词就是作于这样的背景之下。北宋初期,与西夏时常发生战争,范仲淹于是来到陕西,担任陕西四路宣抚使,处理对抗西夏的事务。离乡背井,加上处理战事的压力,又到了荒凉的秋天,范仲淹自然有满腹的感慨,就写下了这首词。

　　"碧云天,黄叶地。秋色连波,波上寒烟翠"写的正是当时当地的秋景。秋天的天空总看起来特别高,可以看见碧蓝的颜色与远处的白云,而地上却铺满了黄色落叶。这样的秋色倒映在水面上,加上秋风吹起阵阵涟漪,看起来就像秋天的各种色彩一波一波地相连而去,且水面上还笼罩着看来寒冷的碧色烟雾。

　　"山映斜阳天接水。芳草无情,更在斜阳外"道出了时间,夕阳西下,倾斜的阳光与山互相掩映,天色接着水色。连绵的芳草,本身是没有情感的,但我的离愁、思念却像那芳草①一样,无止尽地延伸到斜阳之外。

　　"黯乡魂,追旅思。夜夜除非,好梦留人睡"是由景入情,秋天寥落的景色勾起我的乡愁,那愁令人黯然销魂,令人在旅途中纠结心肠,也令人夜晚辗转难眠,除非是那晚有个好梦,可以暂时让我忘却而安睡。

　　"明月楼高休独倚。酒入愁肠,化作相思泪"是写明月当空时,千万不要独自登上高楼倚望,否则月亮也会勾起我的乡愁,让我喝下的每一滴酒,都化成点点相思泪。

　　自古以来,多愁善感的文学家,总容易因为外在景物的变

---

① 在诗词中,绵延生长的草经常被拿来象征离愁,表示自己的离愁也和这些草一样,似乎没有尽头。比较有名的例子有:"青青河畔草,绵绵思远道"(古诗《饮马长城窟行》)、"离恨恰如春草,更行更远还生"(李煜《清平乐》)等。

化，勾起某些感慨、愁绪，这首词不仅细腻地写出了秋景，更借由秋景的触动，写出了羁旅途中的怀乡之情。虽然范仲淹的《岳阳楼记》中曾说要"不以物喜，不以己悲"，提到不要因为外物而影响心情，要将个人得失与情绪置之度外，以天下国家为重，但个人的得失或许比较容易排遣，乡愁却是无法可解的。也难怪在这个时候，范仲淹虽然正在为国家效力，却还是未能免俗地受到外在景物的影响，勾出了个人的愁绪。加上词又适合抒情，就造就了此词。另一方面，触景而生情也是词中常用的手法，所以，范仲淹用景带出情，也可能是受此影响。

延伸阅读｜为何范仲淹叫"小范老子"？

　　宋宝元元年时，西夏正式建国，并开始对宋发动较大规模的战争，但宋军却几度大败，例如延州、好水川、定川砦等战役，皆伤亡惨重。宋康定元年，范仲淹自越州改任陕西经略副使兼知延州（今陕西延安），而延州一带才正经过战火洗礼，因为两方交兵，当时的将军范雍中了西夏的诈降计，吃了败仗。范仲淹调来之后，整顿边防，并将策略转守为攻。他认为不需立即反击，先以防守为重，再把军队去芜存菁，加强训练；接着修筑城寨加强防御，恢复原本荒芜的田地，把过去边防的许多弊端和缺失都解决了。不仅自身军事实力充实了，建筑起的防线也令西夏无法随意入侵，西夏见打仗已经没有好处，只好转而议和。

　　所以，虽然范仲淹不是骁勇善战的大将军，却是善于谋划策略的军事家。当初对西夏的策略，他力排反击的众议，坚持先防守，最后事实证明这是成功的，而且付出的代价也比战争小很多。相传当时在西夏，大家都互相告诫说："今小范老子腹中自有数万兵甲，不比大范老子（范雍）可欺也。"这里的"老子"其实有着尊称的意味，"腹中自有兵甲"则是形容他善于军事。可见西夏人认为他是个可敬的对手，而"小范老子"这个名号也就这么叫出来了。

四十八　经典伤心情歌之二：
　　　　欧阳修《蝶恋花》

　　闺怨是词中相当常见的题材，而在众多闺怨作品中，能脱颖而出成为佳作的，自然有它的特色。欧阳修有一首《蝶恋花》，就是闺怨词中的佳作，而且还造成了不少的回响。

　　欧阳修的《蝶恋花》全词如下：

　　　庭院深深深几许。杨柳堆烟，帘幕无重数。玉勒雕鞍游冶处。楼高不见章台路。
　　　雨横风狂三月暮。门掩黄昏，无计留春住。泪眼问花花不语。乱红飞过秋千去。

　　开头的"庭院深深深几许。杨柳堆烟，帘幕无重数"就营造出一个深重而封闭的环境。先说庭院看来幽深，不知深几许，院中的杨柳层层堆叠，一片如烟如雾的样子，也像那阻绝了外界的重重帘幕一般。

"玉勒雕鞍游冶处。楼高不见章台①路"转而说到自己既思念又埋怨的良人。他乘驾的马匹，配有华贵雕饰的缰绳和马鞍，但是他所游玩的地方，是不知何处的花间柳巷，而我所在的高楼望不见这些地方。

下片的"雨横风狂三月暮。门掩黄昏，无计留春住"是说三月的暮春，正下雨刮风；关上门，掩住了黄昏，春天将逝，却没有任何办法能把它留住。这里的"暮"字，既有春天将过，又兼有黄昏之意，也象征着自己的青春好像快要凋谢一样。

"泪眼问花花不语。乱红飞过秋千去"是写这女子因为独自一人，就算有心事，也只能对着花儿诉说。也许她对于这一切都有着疑问：良人何时才能收心回来？自己为何要遭受这般命运？但花儿不语，只是纷乱地飞过秋千，一去不返。

这首词如果只是单纯写闺怨，或许难以成为千古名作，而它之所以如此有名，必然是有其特殊的艺术手法，以及更幽微的深意。先看艺术手法，上片的内容，就好像有一架摄影机，将镜头由近而远，慢慢往外推去。先是深重的庭院，再是远方游冶的良人，然后是高楼远望也看不见的地方，这些重重屏障与遥不可及的意象，更加衬托出女子孤独一人，以及被禁锢在精美牢笼中的感觉。下片则用雨横风狂、春天将逝带出女子的无奈之感。而花不怜人，不留恋地落下、离开，也是在衬托女子的孤独和无助。

此词也颇有一些深意，例如"楼高不见章台路"，表面意思可以说是丈夫游玩到不知何处了，但另一方面，也可以解释为

---

① 章台，汉朝时长安的一条街名，为伎院酒馆聚集之处。

这女子的心气还是有点高的，所以她也不愿见到那些令她难过的地方。古代的女子没有什么自主权，词中的女主角，大概就是嫁给了纨绔子弟，她不喜欢丈夫如此，但也没有力量去改变，只能被囚困住，而保有仅剩的一点点自尊心。至于"乱红飞过秋千去"，也正说明了外物与时间的无情——花该落时，本就不等人的，美好的青春，同样不会等人，最后作者没有继续交代女主角的结果，却留下了无限的感慨给读者。但是，不只女子的命运如此，其实很多时候，人都是一样的，也许会受到各种限制、捆绑，而人的命运也往往受到无情的摆布。

　　不可否认，这首词非常的伤感。或许对于自主性较高也较勇于追求自我的现代人来说，无法体会为何生命如此的消极，但或许我们也能学着在真正面临无法改变的情况时，至少内心还能保有一点自己的情操。

延伸知识｜"庭院深深深几许"引起的回响

　　李清照曾经写过数首《临江仙》，再作序说："欧阳公作《蝶恋花》，有'庭院深深深几许'之句，予酷爱之，用其语作'庭院深深'数阕。"这段话意思是说，李清照见了欧阳修《蝶恋花》"庭院深深深几许"的句子后，非常欣赏，也沿用了这个句子，另外作了几首《临江仙》。其实，欧阳修此句连用三个深，确实是绝妙好"叠"，强调了庭院之深和闺怨之深。李清照把此句原封不动地移植到其他词作中，用现代的话来说，就是一种"致敬"了。

　　电视剧《还珠格格》的原著作者琼瑶，在多年前也写过一部长篇小说，就叫《庭院深深》。其中的女主角章含烟，就曾有一段被囚禁在传统礼教观念中不得挣脱，因此心事无人诉说的经历，"庭院深深"就是她这种心情的写照。但宋朝的女子或许无力反抗，近代的女子却不然，因此章含烟后来脱离了束缚，摇身一变成为新时代女性，最后重获爱情与亲情。这部小说也被改编成电视剧和电影，曾经风靡一时。

四十九　经典伤心情歌之三：
　　　　柳永《雨霖铃》

在柳永的词中，描写旅途和离情之苦的"羁旅词"，是他最具代表性的词作类型。其中又以《雨霖铃》最有名：

> 寒蝉凄切。对长亭晚，骤雨初歇。都门帐饮无绪，留恋处、兰舟催发。执手相看泪眼，竟无语凝噎。念去去、千里烟波，暮霭沉沉楚天阔。
> 多情自古伤离别。更那堪、冷落清秋节。今宵酒醒何处，杨柳岸、晓风残月。此去经年，应是良辰好景虚设。便纵有、千种风情，更与何人说。

开头的"寒蝉凄切。对长亭晚，骤雨初歇"就先点出离别的场景和时间。"寒蝉"常在秋天日暮时鸣叫，听在要离别的人耳中，格外的凄切。"长亭"是古代设立给旅人休息的驿站，每十里（大概为现代的五公里）就有一处，所以往往也和分别、送别有关。"对长亭晚，骤雨初歇"也就是指，面对着长亭时，正是傍晚，那时一场骤雨才刚停歇。

"都门帐饮无绪,留恋处、兰舟催发。执手相看泪眼,竟无语凝噎","都门"是指京城,"兰舟"则是对船的雅称。这几句的意思是说,在京城里设下帷幕,摆酒饯行,但因为要离别了,所以没有心绪喝酒,正在此留恋不舍时,船夫又催促着要开船了。两人握着彼此的手,泪眼相对,但此时此刻,已是哽咽得说不出话来。

"念去去、千里烟波,暮霭沉沉楚天阔。"这里的"去去",其实只有去、离开的意思,但用叠字强调,表示要去的地方非常遥远。而"楚天"则是指南方的天空,暗暗指出了行旅的方向。这两句话是说,想到那重重遥远、迢迢千里的水路,应是一片烟波弥漫,晚间的云气低沉,但南方的天空,想必是辽阔无际的。

下片更进一步地描写离情,"多情自古伤离别。更那堪、冷落清秋节"是说自古以来,多情的人总会为了分离而伤心,更何况,是在清冷寥落的秋季。

接下来,"今宵酒醒何处,杨柳岸、晓风残月"则是词人设想,今晚我一定会因为分离而喝个大醉,待到酒醒,会身在何方?应该就是在那杨柳岸边,只有破晓的凉风和残月相伴吧!

"此去经年,应是良辰好景虚设。便纵有、千种风情,更与何人说"则是说,此番离去,怕是长久不得见,这以后,纵有良辰美景,也如同虚设,即便有千万种情感,又能向谁诉说呢?

此词采用比较白描、铺叙的方式写成,用各种凄凉的景物,来衬托分离的悲苦。再用"执手相看"对比"兰舟催发",就像电影中,男女主角在车站或码头分离时,总是依依不舍,直到火车或船只的鸣笛声惊动了两人，要远行的那一方才会不得已地离开。然后，词人又设想未来的日子，恐怕是一片黑暗，更带出无尽的愁绪，使人深刻地感受到那最纯粹的离情。然而因为纯粹，所以更叫人难受。

　　这首歌的原曲，今天已经听不到了，但是现代有根据《雨霖铃》歌词再作改编、配乐的歌曲，由歌手辛晓琪演唱，也颇有一番味道。

延伸知识｜亲爱的，他把词变"大"了

柳永的词有两个特点，一个是大量创作篇幅较大的词，一个是把词中景物给放大了。

如果我们翻开五代到北宋初期的文人词集，会发现大多数都是小令，这是因为小令跟诗比较相像，对惯于写诗的文人来说，小令自然比较好上手，毕竟当时大多文人都只认为词是娱乐之用，不需花太大力气去钻研；另一方面，小令因为篇幅关系，语言也需要比较简洁、凝炼，让人有比较多想象空间，这也比较符合文人对于文学的审美观。而篇幅较大的长调，其实在民间一直都有流行，但文人多不愿意采纳，一来因为篇幅大了，很多东西可能要写得更明白，就无法创造出深远的意境，二来是不愿花太多心力去创作不熟悉的长调。所以在柳永之前，文人大多都只写小令。

但是，柳永面对的歌伎、听众多是来自民间，所以自然会创作长调，很多东西也要讲得明白点。但如前面所说的，柳永也有他文人的一面，所以有部分长调其实写得很好，艺术价值很高。且长调适合叙事、铺陈，用得好的话，反而可以让词作内容更加清楚完整，也能适当保留余味，于是就逐渐影响了后来的文人，使他们也开始创作长调了。

另一方面，以往的词作都是围绕着女性，出现的景物也多局限在闺阁之中，但柳永因为后来常要奔波各地，所以经常将旅途中的景物写入词中，词里的景物空间就从闺阁里放大出来了，再融入一些他的离别之慨、奔波之苦，就创造出另一种词

风。后人将他这类词归类为"羁旅词",如《雨霖铃》(寒蝉凄切)、《八声甘州》(对潇潇暮雨洒江天)等,是他的作品中艺术价值最高,也是目前最有名的。

五十　经典伤心情歌之四：
　　　苏轼《江城子》

　　人生的分离有很多种，但最令人难受的，还是死亡所带来的永别，而且，对于还在世的生者而言，这种痛往往是复杂、深刻的。历代词作中，写悼念死者、死别之痛最有名的，非苏轼的《江城子·乙卯正月二十日夜记梦》莫属了：

　　十年生死两茫茫。不思量。自难忘。千里孤坟，无处话凄凉。纵使相逢应不识，尘满面，鬓如霜。
　　夜来幽梦忽还乡。小轩窗。正梳妆。相顾无言，惟有泪千行。料得年年断肠处，明月夜，短松冈。

　　这首词是悼念苏轼已过世的妻子——王弗。王弗在十六岁时，嫁给十九岁的苏轼，婚后两人十分恩爱。王弗也是一个贤惠的妻子，在苏轼为王弗所写的《亡妻王氏墓志铭》中，就有许多关于王弗的记载。例如，王弗不曾跟苏轼说过自己读过书，但她每每都会陪着苏轼读书，当苏轼有忘记的地方时，王弗就会提醒他。苏轼再问王弗其他的书籍，也发现她大略都知道，这让苏轼很惊喜，也发现原来王弗的个性虽沉静，却很聪敏。

后来，苏轼在陕西凤翔担任判官，有许多朋友会去拜访他，但苏轼是一个很容易信任朋友的人，所以王弗就会站在门帘后面听他们的谈话，替苏轼辨别朋友的好坏。曾经，在一个客人离去后，王弗就告诉苏轼："这个人毋须和他多谈，因为他一直在揣测你的心意，迎合你说的话。"后来果真证实了王弗很会看人，所以苏轼也发现，听太太的话准没错。只可惜，王弗二十七岁就过世了，两人只育有苏迈一个儿子。王弗去世后过了十年，熙宁八年时，苏轼在密州，那年的正月二十，苏轼梦见了王弗，醒来便作了这首《江城子》。

"十年生死两茫茫。不思量。自难忘。"一开头写的就是两人已生死分别了十年，都对对方一无所知，但在这十年中，即便不特地想起妻子，却也是难以忘怀的。

"千里孤坟，无处话凄凉"指的是王弗葬于苏轼家乡四川眉州，与山东的密州有很长一段距离，想到妻子的坟孤伶伶地葬在千里之外，自然是令人痛心的，纵使想到坟前和妻子说说话，也是一种奢望。

"纵使相逢应不识，尘满面，鬓如霜"是说，已经分离这么久、这么远，而在这十年当中，除了因妻子的过世而难过，也历经了许多不顺遂，就算有一天两人重逢了，想必妻子也认不出他了，因为他早已风尘满面，霜雪满头了。这里既写出对妻子的思念，也说明了生者在世，世事变化甚大的感慨。

"夜来幽梦忽还乡。小轩窗。正梳妆"正是描述苏轼的梦境。梦中他忽然回到了故乡，站在昔日房间的窗外，正看着妻子对镜梳妆，仿佛过去美好静谧的时光又重新回来了。

"相顾无言，惟有泪千行"是说两人互相凝视着，却说不出一句话来，只有满脸的泪水，不停地滑落。在这里，或许苏轼也分不清楚这是梦境还是现实，只觉得突然重逢了，往日美好时光突然出现了，惊喜与思念、感伤等种种情绪，一时间纷沓而来，自然是什么都说不出来了。

"料得年年断肠处，明月夜，短松冈。"苏轼兄弟曾在父母坟前种植了许多松树，而王弗的墓，离苏洵夫妇的墓非常近，所以，"短松冈"指的也是"千里孤坟"的所在之处，而那里，想来就是苏轼年年都会悲痛得断肠的地方吧！

这首词之所以脍炙人口，是因为它虽没有特别华丽的词藻和修辞，却能用最真切、平实的语言，道出了深沉的悲痛，所以容易感动人。词中还将虚的梦境与实的生活交错呈现，相互映衬。此外，苏轼是第一个用词来悼念亡妻的人，这也正是苏轼"以诗为词"的一项指标。因为以往词作中描写的女性，多半和歌伎有关，即便词人写了自己与女性的感情，也多为寻欢作乐的对象，很少会涉及妻子，更少是这么具体的事件。但苏轼把原本娱乐性质高的词，拿来写"悼亡"这样较庄重、严肃且真实的题材，正表示了他有意突破传统的创作方式。

延伸阅读｜苏轼的贤妻美妾

　　王弗过世之后，苏轼再娶了王弗的堂妹王闰之。王闰之陪着他度过了不少人生的风雨，努力持家，陪伴苏轼的时间也是最久的。

　　除了王弗、王闰之两位贤妻之外，苏轼还有一个美丽聪慧的侍妾，名叫朝云，她也姓王，为杭州人。往后，当苏轼被贬惠州时，她算是最能给苏轼精神慰藉的灵魂伴侣，大概也是最了解苏轼的女人了。有一次，当时苏轼还未被贬到惠州，他在吃完饭后，捧着肚子问家里的人说，我这肚子中藏有什么？有人回答是满肚子文章、满肚子见识，但苏轼都说不是，只有朝云说"学士一肚子不合时宜"，这才让苏轼点头大笑。因为，苏轼虽满腹才华与高见，却常常不容于俗世，不容于政敌，有时甚至不容于同僚，也唯有朝云，能够明白苏轼的这一种心情。可惜，朝云后来在惠州罹患瘟疫去世，只有三十三岁，当时，距王闰之过世后也不过约三年的时间。朝云死后，苏轼也曾作一诗、一词来悼念她，从此以后，便不再娶妻妾。

五十一　经典伤心情歌之五：
　　　　李清照《武陵春》

许多时候，伤心不是纯粹只为一件事情，而是会同时有好几种情绪夹杂在一起。李清照这首《武陵春》，就是混杂了对国破家亡、丧夫流离的悲痛。

《武陵春》全词如下：

> 风住尘香花已尽，日晚倦梳头。物是人非事事休。欲语泪先流。
>
> 闻说双溪春尚好，也拟泛轻舟。只恐双溪舴艋舟，载不动、许多愁。

南宋绍兴四年，宋金处于交战时期，李清照十月时避乱于金华。后来金兵在年尾退兵，所以绍兴五年的春天时，局势开始比较稳定，这首词就是作于当时。

"风住尘香花已尽，日晚倦梳头。物是人非事事休。欲语泪先流"写的是晚春之景。春天快过了，风已渐渐停息，花瓣落在尘土里，使得尘土沾染了香气，当然，枝头上已经没有花了。

已近黄昏，心绪更加寥落，无心于梳头装扮——这里更点出词人对于任何事情都意兴阑珊的情态。花瓣凋零的情景，容易令人伤感。想到花儿年年都会再开，但是人事早已全非，故国不在了，与她夫妻情深的赵明诚已过世，生活也有了巨大改变，这一切都使人难受。纵使想要倾诉，话还没说出口就已先泪流满面。

"闻说双溪春尚好，也拟泛轻舟。只恐双溪舴艋舟，载不动、许多愁。"下片有了一点转折。也许正因愁苦至极，且局势已较为稳定，所以词人听说金华内的双溪春景美好，动了游兴，也想去溪上泛舟。只不过，又怕那泛于溪上的小舟，无法承载心中无限的悲愁。

这首词没有过于雕饰的字句，所以能给人直接的感动，而且把抽象的、看不见的愁，转化成有重量的实质，所以，经常被拿来和李煜的《虞美人》比较：

> 春花秋月何时了，往事知多少。小楼昨夜又东风，故国不堪回首月明中。
> 雕栏玉砌应犹在，只是朱颜改。问君能有几多愁，恰似一江春水向东流。

李煜此词作于南唐国破以后，词里悲叹着，春花与秋月，那是年年都会循环出现的，花谢了会再开，月缺了会再圆，但是，人生却不一样，逝去的时光就是逝去了，不会再重来。在小楼上，年年所吹的东风又吹起了，但是，故国早已灭亡，对比着恒久的明月，更是不堪回首。遥想故国的雕栏玉砌应该还在，可是词人的容颜早已不复当年。你问这愁到底有多少？就好像那一江春水，永远都会向东流，永远都不会止歇。

正因为两位词人，都曾有美好的回忆，但后来历经了国家的破亡、人生的困顿，物是人非之后，就像我们现在常说的"回不去了"，所以心中的悲苦是难以言喻的。也因为难以言喻，只好寄托在具体的事物上面，让那愁苦变得具体，也让读者的感受能更加深切。只是，一个是从愁苦的沉重那一面去说，一个是从愁苦源源不绝的那一面去说，且李清照写得较婉转，李后主写得较直露，或许，这正是女性与男性表露情感的一种差别。

延伸知识｜"词中之帝"是谁？

在中国词史上，词人辈出，每位词人都有自己的风格与特色、创新与开拓。几位大家如苏轼、周邦彦、辛弃疾、姜夔等人，都各有千秋，因此，虽然词中之后无疑是李清照，但词中之帝是谁却难有定论。可是，词史上还是有一位号称"词中之帝"的人，他就是李煜，因为他不仅词写得好，还曾当过南唐的皇帝。

李煜，字重光，是南唐第三任，也是最后一任君主，在位十五年，一般都称呼他为李后主。他在政治上没有什么特别的政绩，但是词的成就非常高。一般来说，他的作品可以分成两期，前期是南唐还在时，内容大多是写他的宫廷生活，以及一般词都会写的风花雪月；后期的词，则是在南唐国破后，转向抒写亡国之恨。亡国之恨是一种特殊的情感，没有经历过的人很难想象，李煜却能把它转化成一般大众都能理解、体会的感觉，像前面的《虞美人》就是，把愁苦的情绪写得具体，又以"生命的美好逝去就不再回来"作为比拟，写出一种人类共同的感慨，所以很能感动人心。一般也认为，这类后期描写亡国之恨的作品是他艺术成就最高的部分。

王国维曾在《人间词话》中说李后主是"生于深宫之中，长于妇人之手，是后主为人君所短处，亦即为词人所长处"。意思是说，他的人生历练和经验是很少的，被保护得很好，但是，这虽使他不能成为贤君，却使他成为好的词人。为什么呢？原来，王国维认为，诗人（或词人、文人）分成两种，一种是

"客观"的人,他们要阅历丰富,才能写出好作品来,像曹雪芹便是;另一种是"主观"的人,他们反而不需太多阅历,因为过多的阅历会使他们性情失真,就写不出真挚的好作品了,例如李后主。王国维也说,李后主是有"赤子之心"的,像这样天生易感的人,没有过多的现实和阅历去影响他,反而更能写出他最纯真的情感,自然也就能令人动容了。

五十二　经典伤心情歌之六：吴文英《唐多令·惜别》

如果看过周星驰主演的电影《国产凌凌漆》，应该就会对当中周星驰所唱的《秋意浓》有深刻印象。这首旋律哀愁的歌，配上离情凄苦的歌词，听起米很感伤。而其中"离人心上秋意浓"这句歌词，其实正脱胎自南宋词人吴文英的《唐多令·惜别》。

《唐多令·惜别》全词如下：

> 何处合成愁。离人心上秋。纵芭蕉、不雨也飕飕。都道晚凉天气好，有明月、怕登楼。
> 年事梦中休。花空烟水流。燕辞归、客尚淹留。垂柳不萦裙带住，漫长是、系行舟。

"何处合成愁。离人心上秋。"这两句就像一个拆字的字谜一样，这"愁"字是怎么产生的？正是分离的人们，心上那股秋意般的寒凉，所以"心"上放个"秋"字，就是愁了。

"纵芭蕉、不雨也飕飕。"这里的"芭蕉"，不是指水果，而是指芭蕉树，古人常会在庭院中种植。芭蕉树的叶子很大，下雨时，雨滴落在叶上的声音，听在心绪不佳的人耳中，常会引起愁思。而古时也有许多诗词，常写到雨打芭蕉声容易令人发愁，所以，吴文英这首写离愁的词，自然也提到芭蕉了。但是，他却更进一步地说"不雨也飕飕"，意思是说，就算没有下雨，那风吹芭蕉叶的声音，也是令人心碎的，因为，他的离愁又比一般人更苦啊！

"都道晚凉天气好，有明月、怕登楼"是延续着前面的离愁而来。虽说秋高气爽的晚上，登楼赏月是非常舒服的，但是，明月向来也是离人所不敢看的情景，因为"月圆人不圆"是多令人伤感的事？再加上，登高远望，总不免会想眺望在远方的那一位，也就更引起离愁了。

"年事梦中休。花空烟水流。燕辞归、客尚淹留。"下片开头稍有一点转折，是怀想过去的情景，但往事如好梦一样，也像落花、云烟、流水一样，逝去了便难寻，连每年都会往南飞的燕儿都离开了，而我这离人游子，却还在此地逗留。

"垂柳不萦裙带住，漫长是、系行舟"是用柳枝的意象，"柳"谐音"留"，常被人折来送别，因此往往和离别有关。但吴文英在这里，却以柳条丝线般的形体，来象征"情丝"，再扣合离别，叙说着当年的情丝，无法系住所思女子的裙带，却漫漫长长地系住了词人远行的船，让词人一直无法忘怀。

吴文英有两次深刻但不圆满的恋情，一个是离他而去的苏州之妾，一个是过世的杭州女子（或说妾），所以他常在作品中怀念这两名女子，此词亦然。这也是他作品中比较特别的一首，因为他的词作往往多用典故、修辞，故而较为难懂，但这首的用语和典故却自然且情深。同时,他虽使用了"芭蕉""柳"等离别诗词中常见的意象,却又不落俗套,不拘于前人的用法,赋予新的创意,延伸出更深的情感,也是此词特别的地方。

延伸知识 | 为什么芭蕉的意象多与愁苦有关?

　　芭蕉的叶子很大,形状细长,接近椭圆形,会微微卷起,适合生长在温暖的环境。古时也常有人将芭蕉种植于庭院中,不仅可以观赏,也可以在夏天的时候,遮蔽阳光。但是,它却往往和愁苦扯上关系,这是为什么呢?

　　这都要从芭蕉叶说起。首先,芭蕉的叶子呈微卷状,便有诗人将这种形象与"不开心"的情绪联想在一起。例如"芭蕉不展丁香结,同向春风各自愁"(李商隐《代赠》)就是说芭蕉的叶不开展,丁香的花丛生纠结,一同迎向春风各自忧愁。可见像这类看起来较为卷曲、纠结的植物,容易给人这种联想。

　　再来,因为芭蕉叶面积较大,所以下雨时,打在叶片上的声音格外明显,白居易就有一首《夜雨》说:"隔窗知夜雨,芭蕉先有声。"但或许因为雨天本就容易令人心情郁闷,加上打在芭蕉叶上的声音又特别突出,因此就更容易引发人的愁绪。如果是夜里听到雨打芭蕉声,大概也无法成眠了。像李清照的《添字丑奴儿》中的"窗前谁种芭蕉树,……伤心枕上三更雨,点滴霖霪。点滴霖霪。愁损北人,不惯起来听"、万俟咏《长相思》中的"一声声。一更更。窗外芭蕉窗里灯。此时无限情。梦难成。恨难平。不道愁人不喜听。空阶滴到明"写的都正是这种愁怀。

　　由于芭蕉的叶形、被雨打时发出的声音都令人往愁苦的方向去联想,所以自古以来,诗词中提到芭蕉的,也就多是用以描写这类的情感了。

五十三　是词，还是判状？

苏轼曾在杭州担任通判，政绩卓著，很受人民爱戴。苏轼自己也非常喜欢杭州这个地方，将之视为另一个故乡。而通判分内的工作，就是有诉讼时，必须审决案子。有一次，他就遇到一个奇特的案件。

明代余永麟的《北窗琐语》中曾说："宋灵景寺僧了然，不遵戒行，常宿娼家李秀奴，后衣钵一空，为秀奴所绝，僧迷恋不已，乘醉直入，击秀奴毙之。"这里记载了一个情杀的故事：在杭州有个灵隐寺，位于灵隐山上，那里有个和尚，法号叫了然。了然本为清楚、明了的意思，但这个和尚，或许清楚自己该守的戒规，却仍明知故犯，经常出入花街柳巷。后来，他特别喜欢一个名为李秀奴的伎女，也常留宿在李秀奴那里。可是寻花问柳是非常花钱的一件事，他又只是个没有太多钱的和尚，所以很快地，身上的钱就花完了，连衣钵都典当一空。而李秀奴是个认钱办事的伎女，在了然没钱之后，自然就不肯与他来往了。

可是，了然还是很迷恋李秀奴。有一天，他喝了许多酒，趁着酒意，又跑去找李秀奴，但仍遭到拒绝，他一时气愤，就强行闯进屋里，还把李秀奴打死了。出了命案，当然就有人报官,案子到了苏轼那里。苏轼平日就有不少和尚好友,经常讨论哲理,甚至斗智逞才,所以在了解这个案子之后,感到啼笑皆非。尤其,他还发现了然在自己的手臂上刺了两句话:"但愿同生极乐国,免教今世苦相思。"意思是愿一同往极乐世界,免得今生今世还要苦相思。而杀人本属重罪,苏轼自然判了然死刑,也顺应了然的愿望。

为了此事,苏轼还写了一首《踏莎行》:

> 这个秃奴,修行忒煞。云山顶上空持戒。一从迷恋玉楼人,鹑衣百结浑无奈。
> 毒手伤人,花容粉碎。空空色色今何在。臂间刺道苦相思,这回还了相思债。

这首词的开头就骂了然是"秃奴",枉费了他的修行,还爱上了伎女,为此搞得自己衣衫破烂,穷困不堪,真是令人无奈!又重下毒手,杀了李秀奴,现如今,还有什么色与空的佛理?既然你都刺了"苦相思"三字在手臂上,就让你赴黄泉去还相思债吧!

此词看起来就像一篇判状,把苏轼的判决写了进去,并用白话俚俗的语言写成,内含不少讽刺与滑稽的成分。虽说与苏词中其他佳作相比,这首词没有什么价值,但它与以往文人只写风花雪月的题材有很大不同,也是苏词"无意不可入,无事不可言"特色的表现。在他之前,恐怕没有人像他一样,能拿词来写判决的。所以,这首词不妨也视作苏轼开拓新题材的表现,让文人词也能有活泼多样的另一面。

延伸知识｜是词，还是药方？

北宋有个文人，名叫陈亚，从小是由他的医生舅父带大，所以对药名非常熟悉，很喜欢写"药名诗"，也写过几首"药名词"，就是以药的名称，或取药名的谐音，组成文意通顺的诗词。药名诗由来已久，但药名词大概是从陈亚开始的，例如《生查子·药名闺情》：

> 相思意已深，白纸书难足。字字苦参商，故要槟郎读。
> 分明记得约当归，远至樱桃熟。何事菊花时，犹未回乡曲。

药名词最好每句里面至少有一个药名，而这首词就是这样，里面共明示暗藏了十种药名，包括相思、意已（薏苡）、白纸（白芷）、苦参、槟郎（槟榔）、郎读（狼毒）、当归、远至（远志）、樱桃、菊花、回乡（茴香）等，然后组成一首词。大意是说有一个闺中少妇，思念远行的良人，便写信问他：当初不是说好，最晚在樱桃成熟时（夏季），你就要归来吗？为何现在菊花都开了，还不见你回乡？这首词，可说将文字游戏寓于词中，又能充分表现出女子的相思之情，相当难得。

南宋的大词人辛弃疾，也写过药名词，例如《定风波·用药名招婺源马荀仲游雨岩。马善医》：

> 山路风来草木香。雨余凉意到胡床。泉石膏肓吾已甚。

多病。隄防风月费篇章。

　　孤负寻常山简醉。独自。故应知子草玄忙。湖海早知身汗漫。谁伴。只甘松竹共凄凉。

里面的木香、雨余凉（禹余粮）、石膏、吾已（吴萸）、防风、知子（栀子）、子草（紫草）、海早（海藻）、甘松等九种，都是药名，而像这样以药名写词的方式，在宋朝时并不少见。

其实，中药名称有非常多种，有些也颇具诗意或意义，可说是一种另类的辞典，难怪能拿来写入这么多诗词中。只是，若不细看，有时还真会以为这些诗词其实是一张药方呢！

五十四　一首词也能成就一段姻缘吗？

曾和欧阳修共同编撰《新唐书》的宋祁，曾因为词写得好，被封上"红杏枝头春意闹尚书"的称号；也曾因为一首词，成就了一段姻缘。

宋祁，字子京，有一个也颇具文采的哥哥宋庠，这两兄弟和苏轼、苏辙一样，是兄弟同时登上进士的。宋祁也跟苏轼一样，本来可以得到第一名（因为原本的榜单是宋祁第一名，宋庠第三），但章献太后认为，弟弟的名次不该在哥哥之上，所以把宋庠置于第一，宋祁却变成了第十名。后来，兄弟二人同样在朝为官，被人家称为"大宋""小宋"。

据说有一次，宋祁经过京中热闹的繁台街，恰巧遇上了从宫内出来的轿子，轿内有个女子，揭开了帘子，说了一声："是小宋。"但因为两人不宜交谈，就分开了，宋祁也不知道她是谁。不过这个小小的邂逅，却令宋祁念念不忘，回去以后，就写下一首《鹧鸪天》：

画毂雕鞍狭路逢。一声肠断绣帘中。身无彩凤双飞翼，心有灵犀①一点通。

金作屋，玉为笼。车如流水马游龙。刘郎已恨蓬山远，更隔蓬山几万重。

这首词的上片，就是在回忆当时的"狭路相逢"，而"身无彩凤双飞翼，心有灵犀一点通"是直接移植了李商隐《无题》中的诗句，意指虽然身上没有彩凤一般的翅膀，无法飞到你身边，却能和你心意相通。下片则写分离后的情景，"刘郎已恨蓬山远，更隔蓬山几万重"是移植了李商隐另一首《无题》诗中的句子，但李商隐原本是写"一万重"，宋祁则改成"几万重"。这两个句子是用了刘晨、阮肇的典故，相传他们两人曾经到天台山采药，遇到了两个仙女，被邀请至仙洞，半年后，他们回到故乡，却发现子孙已经绵延到第七世了，后来他们再度回天台山，但已经找不到仙女。这类遇仙的事情，常被古人比喻成艳遇或男女之情。蓬莱山则因为是仙山，在这里取代了天台山，是融合了汉武帝欲往蓬莱山求仙不得的典故，比喻成难以到达的地方，也表示因为他不知道这女子是谁，所以要再见到她会非常困难。而宋祁在这里引用这两句话，不仅是要以这个典故比拟自己的遭遇，更要借用李商隐在原诗表达的意义：刘郎与仙女分别后，恨他们就像那蓬莱山阻隔甚远，但我与所思之人的距离，却又比刘郎与蓬莱山，更隔了几万重啊！

这首词后来传了出去，且大为流行，还传到宋仁宗那里。

---

① 古代认为犀牛是一种灵兽，犀角上有白色的线纹，可以相通感应，所以被拿来比喻心意或情意相通，不需多言。

宋仁宗就询问宫内的人，有个宫女出来说："之前我曾在皇上的宴会中服侍过，见皇上宣召翰林学士，听左右的人说，那就是小宋。后来我偶然在车上看见他，就叫了一声。"仁宗又宣召了宋祁，态度和缓地跟他说起这件事，宋祁大为惶恐，怕仁宗怪罪，但仁宗只笑着说："蓬莱山不远了！"然后，就把那名宫女许配给宋祁了。不过，据说宋祁其实颇为风流，也难怪这样多情的事会发生在他身上了。

在宋代，词写得好，可以在官场上被提拔，也会被取风雅的绰号，或者是成就一段良缘。从这里，更能看出词在宋代有多流行了。

延伸知识 | 一首词也可以破坏感情吗？

陈鹄的《耆旧续闻》曾记载，南宋有个叫作张仲远的人，他的妻子读过书，但十分多疑善妒又紧迫盯人，总是怀疑张仲远不安分守己，若有人寄信给他，这个妻子就会偷偷拆开来看。这样的"妻管严"，张仲远家中的宾客、朋友都知道得很清楚。

南宋词曲兼擅的词人姜夔，曾在张仲远家作客居住，就想开开他们这对夫妻的玩笑。有一天，他趁张仲远不在，作了一首《眉妩》，装作是一名女子写给张仲远的词，里面有几句写着："信马青楼去，重帘下，娉婷人妙飞燕。翠尊共款。听艳歌、郎意先感。便携手、月地云阶里，爱良夜微暖。"这样的内容算尺度不小了，被张仲远的妻子看到之后，大为生气，等到张仲远回家，就不分青红皂白地斥责他。张仲远不知道发生了什么事，无从辩起，结果妻子就气得在他脸上抓出了几道血痕，害张仲远久久不敢出门。

这首词还有一个小题，叫作"戏张仲远"，可见是有此事的。只能说，这首词出于姜夔之手，虽然写得很暧昧，但其实整篇词还是颇有文采，张仲远的妻子竟没有怀疑，一般的女性哪能写得出这么好的词？大概真的是被嫉妒蒙蔽了心智。而一首词竟能成就姻缘，也能破坏感情，真可说是"水能载舟，亦能覆舟"了。

五十五　宋代的生日歌曲怎么唱，与现代的有何不同？

　　现代人过生日，多半是准备一个生日蛋糕，插上蜡烛，然后由亲朋好友们一同唱生日快乐歌来庆祝，且唱的生日快乐歌都是固定的。但是在宋朝，生日快乐歌可以有很多种，而且还会有人为你写一首专属的生日快乐歌。

　　庆祝生日的活动，大约是从商朝就开始了，一直维持到现在，上从皇帝，下到平民百姓，都有这样的风俗。在宋代，皇帝们过大寿的活动也相当风行、热闹；到南宋以后，祝寿的活动更多了，贵族、官员、平民百姓等，都未能免俗。当时还相当流行用写词来祝寿，因此我们可以看到许多词人的作品中，都有这类祝寿的寿词。曲调的选择和歌词的内容，都会为了寿星量身定作。因此，宋代的生日快乐歌是有很多种的，不像今天这么固定；写寿词的对象也有很多种，亲朋好友、长官上司、皇帝贵族等都是。

　　那么，写词祝寿的风气是怎么开始的呢？其实，寿词的大量出现是在南宋以后，在这之前，只有比较零星的作品。但是，一来，词本就是歌筵酒席间用来娱乐的，而祝寿的场合，也多半会有宴会或庆祝的活动，在这样的状况下，寿词自然也就会慢慢出现；二来，由于南宋祝寿活动愈来愈流行，当然也就促成了寿词的兴盛；三来，祝寿其实也是一种应酬，文人可以借着祝寿之名，对重要人士歌功颂德、展现文采。譬如，南宋末年有个权臣叫作贾似道，他很喜欢词，如果有人词写得好，还能获得他的提拔或赏赐，所以在他八月八日生日时，就会有一堆人写寿词给他。基于以上这些原因，寿词的写作就愈来愈多了。

在《全宋词》中，寿词的总数约占百分之十，也不是个小数目，可是在这么多的作品中，今天被我们视为经典的却寥寥无几，甚至很多人认为，这些寿词的艺术价值很低。这是为什么呢？其实，寿词中常要写一些长寿、富贵的内容，所以就表面上看，遣词用字都是文雅的。可是寿词中能用的典故，大多就是像彭祖、松柏、龟鹤等，形容词也差不多就是那些，有时较无新意；而有些作品只是为了歌功颂德而写，也比较没有真挚的情感，常被认为没有什么文学价值，只是为了应酬而写。所以，南宋的沈义父就在他的《乐府指迷》中说："寿曲最难作，切宜戒'寿酒''寿香''老人星''千春百岁'之类。须打破旧曲规模，只形容当人事业才能，隐然有祝颂之意方好。"可见，寿词要写得好，不能过于陈腔滥调，要能根据当事人的情况去写，但是也要小心不要过于阿谀谄媚，或夸大事实。

不过，还是有写得很好的寿词，例如辛弃疾的《水龙吟·甲辰岁寿韩南涧尚书》，除了祝寿和赞美寿星韩南涧（韩元吉）之外，也不忘国家大事，对寿星充满期许，希望他对国家有一番作为，读起来有别于一般的寿词，更多了种豪迈激昂、感动人心的力量。

延伸知识｜词也可以用于婚礼吗？

词不仅可以祝贺生日，也可以祝贺结婚，只是数量较少，不像寿词那样多，但是题材却挺多元，不只是结婚，纳妾、入赘等也都可以作词祝贺。

此外，也有反映当时婚礼习俗的词，例如王昂写过一首《好事近·催妆词》：

> 喜事拥朱门，光动绮罗香陌。行到紫薇花下，悟身非凡客。
> 不须脂粉涴天真，嫌怕太红白。留取黛眉浅处，画章台春色。

根据宋代孟元老所写的《东京梦华录》记载，"催妆"是由男方催促。先是结婚之前，以凤冠霞帔、胭脂花粉等为"催妆礼"送去女方家；结婚当天，男方过去迎娶时，也会作乐催妆，请女生赶快上车或"花檐子"（类似花轿）。催妆是从唐代就有的习俗，且因为这样，就产生了"催妆诗"，到了宋代，便也延伸出"催妆词"，成为婚礼中有趣的一环，让我们能借此一窥宋代的结婚习俗。

五十六　近代最有名的词人是谁？

说到毛泽东，大家大概会首先联想到他曾是中国最高领导人，但其实，他也可以说是近代最有名的一位词人。

一方面由于毛泽东有几首词非常出名，另一方面也因为他在中国有着极大的影响力，所以中国有许多毛泽东的诗词集。但这些诗词集不见得完善，因为不是所有毛泽东的作品都发表过。目前大概是中共中央文献研究室所编的《毛泽东诗词集》最为完整，里面共收录了六十七首诗词。另外还有不少译注、赏析的版本，使得他的词在中国广为流传，更曾被翻译成英文、俄文、日文等。

在他的词作中，大概是这首《沁园春·雪》最为出名：

> 北国风光，千里冰封，万里雪飘。望长城内外，惟余莽莽，大河上下，顿失滔滔。山舞银蛇，原驰蜡象，欲与天公试比高。须晴日，看红装素裹，分外妖娆。
>
> 江山如此多娇。引无数英雄竞折腰。惜秦皇汉武，略输文采，唐宗宋祖，稍逊风骚。一代天骄，成吉思汗，只识弯弓射大雕。俱往矣，数风流人物，还看今朝。

这首词写于一九三六年二月。当时中日关系紧张，毛泽东率军抗日，到达陕北袁家沟，二月天正下着雪，毛泽东见此景象，就写了此词。开头三句就是描写一片银白的雪景。接下来则写长城的内外，只剩下白茫茫的平原，黄河之水也结冰了，不复以往波涛汹涌的样子。蜿蜒的群山因为被雪冰封，看起来就像银蛇一样，丘陵也被白雪覆盖，像是一群白色的大象在奔驰，这些景象与雾白的天空快要融为一体，好像要和天争高一样。若等到晴天，在红日照耀下，与雪景互相辉映，那景色看起来更加娇艳美丽。

　　下片转为豪气，国家的江山是那样的美好，所以自古以来，总引起那么多英雄争相逐鹿。但可惜秦始皇与汉武帝，在文才上略差；而唐太宗和宋太祖，文采也略逊于《诗经》的《国风》、《楚辞》的《离骚》；而一代天之骄子成吉思汗，也只懂得武功。这里是说秦始皇到宋太祖，于文治方面稍有逊色，而成吉思汗更是不重视。只不过，这些如苏轼所说的"风流人物"都已逝去，要论英雄，还得看看今朝的人们。

　　这首词较有名的地方多集中于下半片，以气势取胜，颇有宋代豪放词的味道，且在电视剧《步步惊心》中也出现过。女主角马尔泰若曦第一次见康熙时，康熙曾问她为何紧张？是不是因为害怕皇帝？若曦便回答说，因为皇上是一代圣君，所以自己并不怕，只是第一次来到宫中，所以紧张。康熙又接着问，你怎么知道朕是圣君？若曦就引用了毛泽东此词的下半阕，结果获得康熙的欣赏。也说明了这首词在中国是很有知名度的，所以能用在剧情中，不怕观众不懂。

延伸知识｜宋代以后词的发展

我们常说"唐诗宋词"，是因为诗、词发展到唐代与宋代时，成就最为辉煌，但这并不表示唐代以外的人不写诗，宋代以外的人不写词。尤其是诗，在中国各个朝代中，都在文人心中有崇高的地位，所以各朝各代都有人写诗，只是成就不如唐诗。至于词，在宋代以后，逐渐没落，元代则多是曲的天下。虽然，一直到明代还是有人在写词，但是成就无法与宋词相比。

不过，到了清朝初年，词却曾经复兴，也出现了不少有影响力的词派，例如阳羡派、浙西派、常州派。约在嘉庆以前，是以阳羡和浙西两大派为主。阳羡派以陈维崧为代表，继承了苏辛的豪放词风格；浙西派则以朱彝尊为代表，学习的是姜夔的词风。而嘉庆以后，张惠言为代表的常州词派兴起，提出改善前两派缺点的理论，注重比兴寄托。这三大派在清代的词坛中，都有重要的影响。此外，还有纳兰性德，虽不归类在三大派之中，却也是相当重要的作家，写过许多脍炙人口的词作。词到了清朝一度复兴，除了创作以外，也有不少人致力于研究词的创作方式或编选词集，还有像万树的《词律》、陈廷敬等人的《康熙词谱》，整理校订了各种词牌的平仄，这些都对后人研究词学或填词创作有很大的助益。若说词到现代都还能继续流传、受人欣赏，则清朝这些词人或词学家，实在是功不可没。

五十七　为何在宋词中，"西楼"最常见？而不是东楼、北楼、南楼？

"西楼"在宋词中，常常被当成一种哀愁的意象，这是因为古人将方位分成东、西、南、北，除了本身所实指的方向之外，往往会与天文、季节等自然事物做对应，而有了方向以外的联想。所以，我们若要了解"西楼"这词的意涵，就必先得了解古代时西方是一个怎样的方位。

首先从方位来说，西边是日月星辰落下的方位，所以看得见夕阳落下，也看得见月亮西沉。而我们往往会觉得日升天亮是一天的开始，充满生机与希望；日落天黑则是一天的结束，也会让人较为感伤。所以李商隐的《登乐游原》说："夕阳无限好，只是近黄昏。"太阳落下，总令人联想到消逝、结束。也因此，西这个方位，自然就染上了这样的色彩。再者，从季节上来说，东对应的是春天，南对应的是夏天，西对应的是秋天，北对应的是冬天，这与每个季节的风向有关。由于西对应的是秋天，所以西这个字，就容易令人联想到秋天那种万物萧瑟、冷清之感。因此，西楼这个词，往往产生了较为感伤、寂寞的感觉。若用在词中，则大多也是为了营造出这样的气氛。

所以，像晏殊的《清平乐》写道："惆怅此情难寄。斜阳独倚西楼。"这里的西楼与夕阳西下结合在一起，就令人有落寞之感。此外，西楼更常与月亮一起出现，如"无言独上西楼。月如钩"（李煜《相见欢》）、"凭断云留取，西楼残月"（周邦彦《浪淘沙慢·晓阴重》）、"云中谁寄锦书来，雁字回时，月满西楼"（李清照《一剪梅》）等，都是以西楼和月去营造出感伤的情境，因为古人经常对着月亮思念故乡或情人，再与西楼结合的话，更能带出愁苦之感。此外，西楼往往是能看见月亮落下的地方，所以在西楼望月也能暗示出因为愁苦所以夜不能寐，在将近天亮的时间还醒着。可见西楼与月，实在是描绘哀愁情感的最佳搭档。

此外，西楼也常和风雨结合，如"西楼别后，风高露冷，无奈月分明"（晏几道《少年游》）、"重别西楼肠断否。多少凄风苦雨"（范成大《惜分飞》）等等，因为风雨也常带有凄苦的意象。而大雁这种候鸟，因为季节而固定往南、往北飞，也会使离开家乡的人，或思念远行情人、朋友的人，想到"回家"这件事而引发感伤；且雁常被当作送信的使者，因此雁往往也和"离别"有关，有离别就有离愁，自然和西楼产生了联结。若要加强情绪，则如李清照将西楼、雁、月一同使用，或晏几道将西楼、风、月结合，也都是深化离愁的方式。

由于宋词的主题，常与男女情感有关，男女情感中，又经常写到离情、相思，所以西楼出现的机会，就比其他楼要来得多了。

延伸知识｜为何在宋词中，"东风"比其他的风还常见？

　　在词中，春天是很常见的，而春天经常出现的花、细雨、鸟等，往往也都是柔美的，因此很适合出现在婉约的词中。而词作为娱宾遣兴之用，春天也是适合踏青宴饮的时节，自然就成为了词常见的题材。此外，春天往往是美好事物或回忆的象征，词人借伤春来哀悼美好事物或回忆的逝去，也是常见的创作方式。

　　既然春天常见于词中，那么与春天密切相关的东风，出场的机会就比其他的风还多了。除了作为春天的景物之一来描写外，也因其年年都会如期吹起，所以可作为一种"春天已到"的讯息，如"春天本是开花信"（欧阳修《玉楼春》）、"东风约定年年信"（王安中《蝶恋花》）。而东风能催生万物，却也能在晚春时吹落花朵，所以有了"薄情"的形象，如"尽无端、尽日东风恶"（晏几道《好女儿》）、"晚来卷地东风恶"（周紫芝《醉落魄》）、"东风恶，欢情薄"（陆游《钗头凤》）等。此外，因相思所产生的伤感，也常以东风作为衬托，如"一时弹泪与东风。恨重重"（张先《虞美人》）、"少年行客情难诉。泣对东风无语"（欧阳修《桃源忆故人》）等，便是以东风反衬哀伤，借由对比更显出人物的愁苦。

五十八 "冰肌玉骨"形容的是哪个美人?

我们常用"冰肌玉骨"来比喻美女的肌肤晶莹剔透,而最开始,这句成语是用来形容花蕊夫人的。

花蕊夫人本姓费,原为歌伎,貌美如花,所以被后蜀皇帝孟昶所钟爱,并赐名"花蕊夫人",还被封为贵妃。她长于写诗,并非空有容貌,自然深受宠爱。而后蜀因为地理环境的关系能够偏安,不受战争的纷扰,孟昶也不是很有作为的皇帝,在暂无忧患的情形下,就经常沉溺于享乐之中。据说孟昶非常怕热,所以在宫中的摩诃池上,建造了一座水晶宫殿来避暑热,夏天一到,孟昶与花蕊夫人,就经常待在水晶宫殿中。由于孟昶信佛,宫中便有尼姑,其中有一个朱姓尼姑,曾见孟昶与花蕊夫人在水晶宫避暑时吟咏了一首词。待到宋亡后蜀很多年后,尼姑已高龄九十岁,遇到当时才七岁的苏轼。她把当年在宫中看到的情景,以及那首词的内容,都告诉了苏轼。四十年后,苏轼才把这件事情写了下来,并改写了那首词。

先来看孟昶的原词《木兰花》:

冰肌玉骨清无汗。水殿风来暗香满。帘开明月独窥人,欹枕钗横云鬓乱。

起来琼户启无声,时见疏星渡河汉。屈指西风几时来,只恐流年暗中换。

而苏轼所作则为《洞仙歌》,全词如下:

冰肌玉骨,自清凉无汗。水殿风来暗香满。绣帘开、一点明月窥人,人未寝,欹枕钗横鬓乱。

起来携素手,庭户无声,时见疏星渡河汉。试问夜如何,夜已三更,金波淡、玉绳低转。但屈指、西风几时来,又不道流年、暗中偷换。

两词相较,看得出来非常相似。上片的词意大致都是说,花蕊夫人有着晶莹的冰肌和如玉般的秀骨,即便在炎炎夏日中,依旧能清凉无汗。而在池上的水晶宫中,晚风吹来,充满了暗暗的香气。打开绣帘,见天上的明月,仿佛在偷窥着花蕊夫人。她还没睡着,斜倚着枕头,宝钗已松,鬓发微乱。而词的下片写到孟昶牵着花蕊夫人的玉手,起来散步。此时庭院中安静无声,不时能见到天上的流星飞越银河。但苏词又加上"试问夜如何,夜已三更,金波淡、玉绳低转",意思是试问现在夜多深了?已是三更天,月光转淡,玉绳星也转低了。最后,两词的结尾意思也差不多,写屈指一算,西风何时会来呢?不知不觉中,流水年华又在暗中偷换。

这样闲适的夏日时光,却没有长久。后来宋军攻入了后蜀,孟昶出降,虽被封为秦国公,迁居到宋的首都汴京,但没多久就死了。花蕊夫人眼见国破家亡，内心自然悲愤。某日宋太祖召见她，请她作诗，她就当场写下这样的诗句："君王城上竖降旗，妾在深宫那得知。十四万人齐解甲，更无一个是男儿。"据说她后来成为了宋太祖的妃子，但对孟昶仍念念不忘，可是过去的美好，只能随暗中偷换的流年，成为回忆了。

苏轼虽为豪放词的始祖，但在他的词作中，还是有不少婉约词，这首《洞仙歌》就是其中之一。虽然是来自孟昶之词，但稍加改写之后，又比原词更为出色，也使得"冰肌玉骨"的花蕊夫人更为出名。

延伸知识 | 为何形容美女时，喜欢用"冰""玉"等字？

古代形容美女的诗词很多，描述时，皮肤往往是个重点。古时以白皮肤为美，除了像《诗经·卫风·硕人》用"肤如凝脂"，以凝固的油脂比喻皮肤滑嫩柔白之外，最常见的就是以冰雪来形容。最早如庄子《逍遥游》中说"肌肤若冰雪"；而后像韦庄的《菩萨蛮》（人人尽说江南好）则说"炉边人似月，皓腕凝霜雪"；苏轼《洞仙歌》中也有"冰肌玉骨"等句。因为冰雪不只洁白，还有纯净之感，除了能形容女子的肌肤极美之外，也能更进一步带出女子光洁、脱俗的形象。这样的例子，在诗词中非常多。

此外，肌肤也可以用玉形容，如李煜《子夜歌》（寻春须是先春早）中"缥色玉柔擎"是以玉来形容女子的手白皙柔美。因为玉是一种光滑色白的石头，同时，古人一直认为，玉的特点除了光亮洁净之外，也因其摸起来平滑，故有温润、温和之感。这些都和古时对于女性的要求，如"守身如玉"的品格、"温柔和善"的个性等，有谋合之处。因此，当玉用来形容外表看不见的"骨"时，其实也含有形容女子的内在是温和纯洁的意思。

五十九　宋词中常见的自然意象有哪些？

意象，其实是将自然界或生活中常见的东西，透过作者主观对它们的感受，或对这个东西本身的特性延伸出来的联想，而赋予这个东西额外的象征意义。这样多半能将较为抽象的情感具体化。同时，意象常见于古典诗词中，因毕竟诗词是感性的，要将客观的事物染上主观的情感，才具有感动人心的力量。

意象又可以初步分成自然的与人造的，自然界的部分，举凡日、月、星辰、山、水、季节、鸟、兽、虫、花、柳等都是；而人造的部分，则城市、建筑、器物、衣饰等，也都能够被赋予某些特殊的意义，或代表某些情感。以下，我们便先从自然界的"月"开始，介绍月在宋词中的象征。

首先，词的风格一开始是较为软媚的，因此具有阴柔感的月，自然较为常见，而其所牵涉的象征意义，也多和"思念"或"阴冷"的情感有关。以"思念"来说，就有思乡、思念亲友和恋人等，所以月经常会出现在这类作品中。以思乡来说，最有名的例子是唐诗中李白的《静夜思》："床前明月光，疑是地上霜。举头望明月，低头思故乡。"以月来表示思乡之情，是古典诗词中非常常见的方式，所以宋词中也有，如范仲淹的《苏幕遮》中的"明月高楼休独倚，酒入愁肠，化作相思泪"，正是以月来诉说乡情。除了思乡，也可以是对亲友的怀念，如苏轼《水调歌头·丙辰中秋》中的"但愿人长久，千里共婵娟"，正是借由月来表达思念兄弟之情，而希望和他分隔两地的苏辙，也能共赏美丽的明月。再者，苏轼也写过哀悼原配王弗的《江城子·乙卯正月二十日夜记梦》，"料得年年断肠处，明月夜，短松冈"则是以月作为思念妻子的象征；又或者像张先的《南乡子》："今夜相思应看月，无人。露冷依前独掩门"亦是以月象征对恋人的相思。

　　然而，为何月常用来象征思念呢？因为古时候的通讯，不像今天这么发达，一旦分隔两地，要互通音信就不是那么容易，只能靠着双方都能看见、又能长久凝视的月亮，来作为一种"此刻对方也在望着月亮思念着我吧"的安慰。再来，就像苏轼说的"月有阴晴圆缺"，满月时可以让人联想到圆满、团圆，但缺月时，也就容易令人想到不圆满与分离了，所以一旦分离，满月看起来便令人触景伤情。如晏殊《鹊踏枝》说的"明月不谙离恨苦。斜光到晓穿朱户"，缺月则令人更加凄凉悲哀；像柳永的《雨霖铃》中的"今宵酒醒何处，杨柳岸、晓风残月"、周邦彦《浪淘沙慢》中的"嗟万事难忘，唯是轻别。翠尊未竭。凭断云留取，西楼残月"等，也都是以残缺之月象征离别的寂寞。缺月也可以象征凄凉、寂寞之情，如苏轼《卜算子》中的"缺月挂疏桐"，就以缺月象征自己被贬黄州的凄凉，也更加深了词人在心情、处境上的阴冷感。

　　此外，月也可以象征美人，在热切的爱情中，月也会出现，作为圆满、美好的象征。月在古典诗词中经常出现，正是因为它可以有诸多意义的缘故。这也说明了意象的象征意义是不断流动、变化的，进而使作品的情感更加具体、丰富地呈现出来。

延伸知识｜宋词中"水"的意象

　　词人写水的时候，经常就河流、江水这样恒常而又流动的特征，来代表某些情感或道理。最有名的例子大概是李后主的《虞美人》中的"问君能有几多愁，恰似一江春水向东流。"这是以源源不绝的水流，作为"无止尽"的象征。所以柳永《八声甘州》"唯有长江水，无语东流。"也正是这样的意思，借由不断流去的水，具体化了自己的哀愁也是无止尽的。

　　水既然是无止尽地流去，自然也让人联想到一去不复返的概念，像苏轼《念奴娇·赤壁怀古》说："大江东去，浪淘尽、千古风流人物。"江水东流是恒常不变的，也像时间、历史一样不可回头，所以多少英雄豪杰去了，就再也回不来了。这里象征了一种时间的流逝，同时，也作为人生短暂与江河长久不衰的对比，使读者更具体感受到历史洪流的巨大。

　　此外，水也可以作为一种"阻碍"，像《古诗十九首·迢迢牵牛星》中"盈盈一水间，脉脉不得语"一句，借银河作为牛郎、织女间情感的阻碍。这样的概念后来也化用在词中，例如利登《风流子》中"如今知何处，三山远，云水一望迢迢"，就是以云、水的遥远，作为现实与情感上的双重阻碍。像电视剧《还珠格格》中的插曲——由琼瑶作词的《山水迢迢》，其中"山也迢迢，水也迢迢，山水迢迢路遥遥"一句，也有异曲同工之妙。

六十　宋词中常见的人造意象有哪些？

　　北宋初期以前的词，往往多以艳情为主题，并将描写的重点放在女性身上。而女性生活的地方，常只在闺阁之中，因此闺阁中的物品，像帘、香炉、蜡烛等等，就常因为作者所要营造的气氛、词境，被用来当作意象使用，并依主题的不同，呈现出不同的象征意义。

　　首先，"帘"是宋词中非常常见的意象，通常是作为阻隔、屏挡之用，常见于较为私密的内室，特别是女性的闺房，让女性生活在其中时不轻易被人所看见，所以帘就成了阻隔的象征，如张元幹的《柳梢青》："入户飞花，隔帘双燕，有谁知得。"再进一步来说，帘更可象征女子心情上的封闭，如"开花取次宜。隔帘灯影闭门时。此情风月知"（张先《醉桃源》）、"杨柳堆烟，帘幕无重数"（欧阳修《蝶恋花》），都是透过帘来写女子生活的封闭，进而带出心也是封闭的。毕竟古代的女子，不像现代女性一样能轻易出门、四处游走，她们生活受到限制，自然心情上也是如此。因此，用"帘"这个意象，很能概括说明这些受限女子的情况，同时也能象征心境上的封闭，然后带出孤独、寂寞之感。

至于香炉，多为熏香之用，除了替房间增添香气，敬神礼佛时也会用到。而香炉的造型多变，放在房中也能作为摆饰，且香炉多半是富贵人家在使用的，因此可借以烘托出富贵之感。如欧阳修的"红炉画阁新装遍。锦帐美人贪睡暖"（《渔家傲》）、"红纱未晓黄鹂语。蕙炉销兰炷。锦屏罗幕护春寒，昨夜三更雨"（《洛阳春》）等，都呈现出一幅富贵、华丽的闺阁女子图像。再来是焚香时，烟雾会从炉中缓缓飘出，缭绕于室内，这提供了嗅觉与视觉的双重感受，而使某些情感或氛围被烘托出来，例如赵长卿《浣溪沙》中的"金兽喷香瑞霭氛。夜凉如水酒醺醺。照人娇眼媚生春"，是以炉烟创造出浪漫旖旎的感觉。这在描写闺中艳情的词里，也是常见的意象。

香炉或炉烟一方面可以带出香软、浓艳的感觉，但另一方面，也可用香炉冷却、烟雾熄灭等带出凄凉哀伤之感，所以写闺怨的词中亦常出现。像"醉衾不暖炉烟湿。一帘暝色人孤寂"（石孝友的《醉落魄》）、"被冷香消新梦觉，不许愁人不起"（李清照《念奴娇》）、"瑞脑香消魂梦断，辟寒金小髻鬟松。醒时空对烛花红"（李清照《浣溪沙》）等，都以炉烟来象征女子情感上的意兴阑珊、寂寞愁苦。

至于蜡烛，也和香炉有异曲同工之妙，一方面可以用于写艳情，如欧阳修《忆秦娥》中"展香裀，帐前明画烛。眼波长，斜浸鬓云绿"写的是春宵的情景。但蜡烛燃烧时会产生蜡液，看起来像眼泪的形状，所以晏殊《撼庭秋》中"念兰堂红烛，心长焰短，向人垂泪"，和柳永《临江仙》中"奈寒漏永，孤帏悄，泪烛空烧"等，都是借烛泪来象征人因思念所流下的眼泪。

延伸知识｜宋词中"栏杆"的意象

有一种意象，较不受限于词的主题，无论是写男女情感、怀念家乡、抒怀言志，都可能会出现，那就是"栏杆"。

栏杆（或作阑干）是一种作为阻隔、保护之用的建筑，往往出现于回廊、水边、庭园等处，更常见于高楼之中。高楼上的栏杆，虽一开始是作为保护之用，但后来因为人们喜欢"登高远望"，于是逐渐延伸出"凭栏""倚栏"的动作，也就赋予了栏杆额外的意义。首先，良人远行的女子，因为期盼着对方回来，所以想登高远眺，看看是否可以见到良人回来的踪迹；而独自立于高楼上的栏杆，本身就带有一点孤独的感觉，与既寂寞又热切盼望的女子形象是相当映衬的，故描写这类情感的词作中，往往会出现这类意象。如"独凭朱阑、愁望晴天际。空目断、遥山翠。彩笺长，锦书细。谁信道、两情难寄"（晏殊《凤衔杯》）、"凭阑干、东风泪满"（周邦彦《烛影摇红》）、"倚遍阑干，只是无情绪。人何处。连天衰草，望断归来路"（李清照《点绛唇》）等，都是透过独倚栏杆，来带出思念的愁绪。

不过，不只相思时会凭栏远望，怀乡也会，如柳永《八声甘州》："不忍登高临远，望故乡渺邈，归思难收。……争知我、倚阑干处，正恁凝愁。"再来，自靖康之难以后，昔日北宋的山河，已为金所有，因此也有不少爱国心切的人，登高凭栏，远望故土，抒发丧国之痛。如"怒发冲冠，凭阑处、潇潇雨歇"（岳飞《满江红》）、"把吴钩看了，栏干拍遍，无人会、登临意"（辛弃疾《水龙吟·登建康赏心亭》）等，也是透过高而孤独的栏杆，来诉说难以被人理解的苦痛，或带出高远的志向。所以，栏杆也是随着凭栏之人的心情，被赋予了形象之外的意义。

附录一　填词词谱（现代版）

　　古代倚声填词，其实和今天的流行歌词有很大的共通处。在今天的流行歌曲中，也有很多是先有曲后，作词者再依音乐写出歌词的。古时填词，每个词牌都有定式，字数、句数、平仄、韵脚等都有较为制式的规定，但在现代流行歌曲中，只要能配合音乐，以上这些都没有硬性的规定。所以在学古人填词之前，或许可以先来试试我们比较熟悉的现代歌曲，练习将其改写或重填。

　　改写或重填现代流行歌曲中，比较要注意的是押韵，不用每句都押，但最好是每两句就要押一次。押韵通常以押同一韵母的字为主，但有时相近的发音也可以用来押韵，如"因"与"英"，"弃"与"去"等，虽然韵母不同，但音近，所以也可以通押（在古时也常有类似情形，特别是受方言影响，所以有的词人押韵时，有时也会拿不同韵部的字来通用）。此外，如果歌词较长，或者希望变化较多，便也可以"换韵"，例如第一段押"an"韵，第二段改押"ang"韵；或本来押"o"韵，后来改押"ai"韵等。总之，现代流行歌曲的押韵是可以较多自由变化的。接着，虽然现代流行歌曲不规定平仄，但是填词时还是要多注意字音与旋律是否协调，甚至可唱一遍确认是否顺口，以避免难唱、拗口的情形发生。

至于题材方面，流行歌曲虽以爱情为大宗，举凡热恋、失恋、单恋、结婚等，都是可以写的部分，但是也不一定要拘泥在爱情方面，友情、亲情、生活感触等感性的部分，甚至历史、新闻事件、故事等，都可以作为题材。选定好题材以后，再来想结构的问题。流行歌曲一般分成主歌、副歌两大部分，初学者可先从这两部分去想如何安排。主歌可以做铺陈，然后在副歌部分更加强调出主题，并由主题延伸出比较引人注意的词句，来加强听者的印象，这样整首歌的层次也会比较鲜明。

现在，我们以周杰伦作词作曲的《蜗牛》作为练习，原歌词如下：

　　该不该搁下重重的壳
　　寻找到底哪里有蓝天
　　随着轻轻的风轻轻的飘
　　历经的伤都不感觉疼

　　我要一步一步往上爬
　　等待阳光静静看着它的脸
　　小小的天有大大的梦想
　　重重的壳裹着轻轻的仰望

　　我要一步一步往上爬
　　在最高点乘着叶片往前飞

小小的天流过的泪和汗
总有一天我有属于我的天

我要一步一步往上爬
在最高点乘着叶片往前飞
任风吹干
流过的泪和汗

我要一步一步往上爬
等待阳光静静看着它的脸
小小的天有大大的梦想
我有属于我的天

接着,请选好想写的题材,一边听其旋律,一边试着将歌词改填。

●主歌(总共四句):

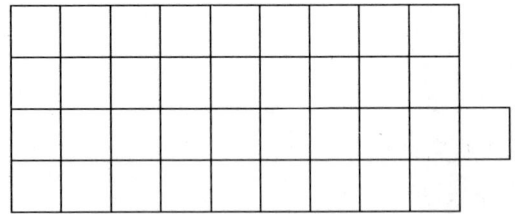

●副歌(共分四段,基本上每段都是四句,但可以做一点不同的变化):

小提醒:可以注意的是,原歌词中的副歌,每段都会重复"我要一步一步往上爬",这就是由主题延伸出、并引人注意的词句,让听众容易记得,不仅呼应了歌名"蜗牛",也强调出"努力向上"的意涵。所以在改写、重填时,也可以仿照这个方式,点出歌词中应该最强调的句子,最好这句也是歌词中写得最出色的。

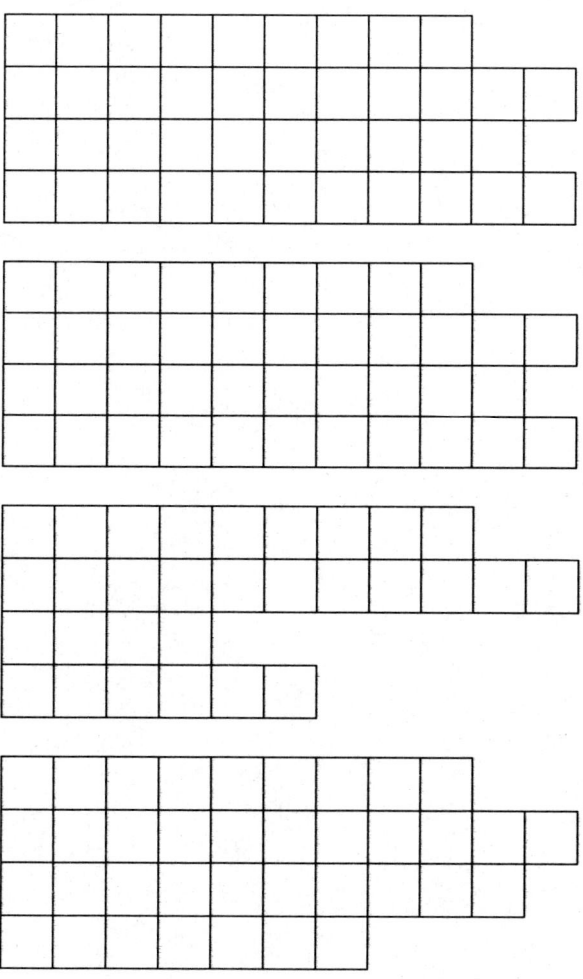

填好了吗？这首歌因为结构比较简单，歌词也不长，所以可作为入门的练习。挑战成功后，便可以再选你喜欢的歌曲，练习歌词更长、结构也有较多变化的部分。如此一来，说不定你也可以成为下一个作词高手！

附录二　填词词谱（古典版）

填词需知

若有兴趣填词的话，首先要了解其规则。由于词的音乐今天多已遗失，所以无法真正做到"倚声填词"，但像清代万树所编的《词律》，或陈廷敬等人编的《康熙词谱》，都已整理出许多词牌，告诉填词者平仄与用韵的方式，下面将列出六个较为常见的词牌，列出平仄与韵脚，供有兴趣的读者填词。

但要注意的是，所谓平仄，即古代声韵中的平声与仄声，平声包含了阴平、阳平，仄声则包含上（shǎng）、去、入声等。大致来说，现代汉语中的一、二声字多为平声，三、四声则多为仄声。入声字则比较特别，古代这类的字，发音多为短、急促的方式，但今天汉语中已无入声，且古时的入声字在现代汉语一、二、三、四声中都可能出现。所以，若读者接下来想要填词，可以先初步用现代汉语的声调来当作平、仄的判断，而若会使用方言，如闽南语、客家语的话，亦可将字转为方言来念念看，对于平仄的判断会更加精确，某字若转成方言来念，其发音是短而急的话,则多半为入声字。如果要进阶一点,一定要确定此字的平仄为何,则可以查清代戈载的《词林正韵》,这是专门为词的用韵做分类整理的工具书,也可判断平仄。

再来是押韵的问题,此处较为复杂。现代流行歌曲或新诗中的押韵,只要是韵母相同,不论声调是一、二、三、四声,都可以算押韵。但词的押韵还会分平声韵和仄声韵,若这个词牌规定要押平声韵,就不可用仄声韵,反之亦然。不过有时也会有平、仄声韵都可在同一首词中转换使用,这就要看词牌的规定。所以,在填词之前,要知道该词牌对于韵脚的规定,然后再查询《词林正韵》。这本书将韵分成十九部,前十四部中,每部又分平、上、去,后五部则为入声韵(专门给填"雨霖铃""兰陵王"等最好用入声韵的词牌时查询使用)。押韵时,只要是在同一部中又同一声调的字,都可以作为韵脚。例如某一词牌规定押平声韵,假定填词者选了第一部中的韵来使用,则第一部中平声的韵有"东""冬",东韵下有通、同、童、红、匆等字;冬韵下有侬、松、农等字,则以上这两个平声韵中所列出的字,都可以作为韵脚,也就是通押。但是第一部中还有上声的"董""肿",去声的"送""宋"等,这些仄声韵底下的字,就不可以作为韵脚了。除非是词牌中有平仄韵通押、转换的规定,那么只要是第一部中的韵脚就都可以通用。反之,若词牌规定押仄声韵,那么上声的"董""肿",去声的"送""宋"两韵也都可通押。需注意的是,仄声韵中只有上、去两声可以通押,入声韵虽然也是仄声,却不能与之通押,是另外独立出来的。

这十九部韵,是戈载根据前人所填之词归纳出来的,但其实前人填词时，并没有一套硬性规定的韵书或规定作为依据，可能依据诗韵，也可能依词人自己的习惯使用，所以《词林正韵》不见得能涵盖所有的词韵。此外，现代也有陈满铭、王熙元、陈弘治所编的《词林韵藻》，是根据《词林正韵》的分类，再删去一些较为冷门的字，然后每一韵字下面，又罗列出唐宋词人押此字的佳句，供填词者观摩，也是一本很有用的填词参考书。

当然，若对平仄、押韵很不熟悉，则可上网搜寻"'倚声填词'格律自动检测索引教学系统——网路展书读"，找到要填的词牌及要使用的韵部后，输入创作的词句，系统便会帮忙判断有无不合平仄、用错韵脚的地方，非常方便。

自然，身为现代人，所使用的语言多半为现代汉语，所以想要用现代的语言判别平仄，并以现代四声皆可通押韵的方式来填词，也未始不可。但这一套填词方式毕竟是古人所归纳出来的，按照古法来填，还是较不容易失去词的原汁原味，也不会让词跟新诗、流行歌曲的界线混淆。不过，在尽量合乎格律的状况下，适时使用现代才有的词语，也可使创作增加活泼性和方便性，是可以大胆尝试的。

词谱说明

以下词谱之词牌，为宋人较常使用的。每一词牌下，会先介绍格律（主要参考龙沐勋的《唐宋词格律》），然后列出较著名且格律标准的词作，以供参考。再来就列出此一词牌的平仄规定，和该押韵的地方，并在旁边列有空格，供读者填词创作。

"−"符号表示该处要填平声字,"｜"表示该处要填仄声字,"＋"则表示该处可平可仄。遇有标示"韵"字时,则表示该处要押韵,使用的标点符号是句号;"句"则表示该处不需押韵,使用逗号;"豆"则表示该处在句中稍有停顿,要使用顿号。请见下面范例:

＋	｜	−	−（句）	−	＋	｜（豆）	＋	−	＋	｜（韵）
怒	发	冲	冠,	凭	栏	处、	潇	潇	雨	歇。

开始填词

1. 浣溪沙

●词牌介绍:

"浣溪沙"是宋人填词时使用率最高的词牌。上下片都各三句,每句七个字。押平声韵,上片三句都要押,下片则第一句不用,余两句要押。通常,第二片的前两句要使用对偶。以字数来说,属于小令,较适合初学者填词。

●范例:

　　——晏殊
　　一曲新词酒一杯。去年天气旧亭台。夕阳西下几时回。
　　无可奈何花落去,似曾相识燕归来。小园香径独徘徊。

　　——秦观
　　漠漠轻寒上小楼。晓阴无赖似穷秋。淡烟流水画屏幽。
　　自在飞花轻似梦,无边丝雨细如愁。宝帘闲挂小银钩。

●格律：

+｜+－+｜－(韵)+－+｜｜－－(韵)+－+｜｜－－(韵)

+｜+－－｜｜(句)+－+｜｜－－(韵)+－+｜｜－－(韵)

2. 江城子

●词牌介绍：

  此词牌又有别名叫"江神子"，本来只有一片，七句三十五字，押五平韵，通常最后两句是各三言的句子，也有人将之变为一句七言的句子。这大抵是因为词配乐歌唱时，多一字或少一字，还是可以配合旋律的，所以词人填词时，有时也会像这样增添字数，稍作变化。而这个词牌到了宋代，宋人开始会再重复一次，于是就变成了两片，共七十字。练习填此词牌时，可先从一片开始填起，再循序渐进，练习两片的形式。

●范例：

  ——韦庄

  髻鬟狼藉黛眉长。出兰房。别檀郎。角声呜咽，星斗渐微茫。露冷月残人未起，留不住，泪千行。

  ——欧阳炯

  晚日金陵岸草平。落霞明。水无情。六代繁华，暗逐逝波声。空有姑苏台上月，如西子镜照江城。

——苏轼（乙卯正月二十日夜记梦）

十年生死两茫茫。不思量。自难忘。千里孤坟，无处话凄凉。纵使相逢应不识，尘满面，鬓如霜。

夜来幽梦忽还乡。小轩窗。正梳妆。相顾无言，惟有泪千行。料得年年肠断处，明月夜，短松冈。

●格律：

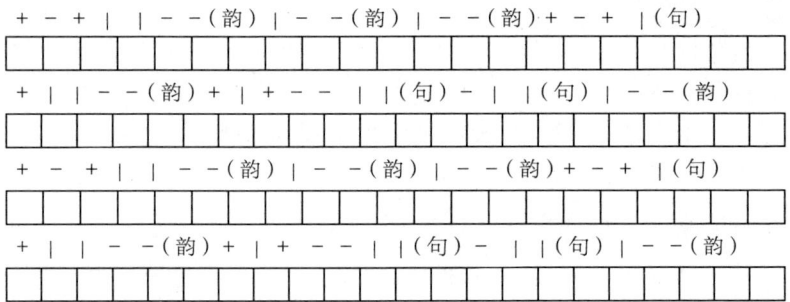

3. 水调歌头

●词牌介绍：

"水调歌头"在宋代也是常用的词牌。分成两片，上片九句，下片十句，全词一共九十五字。一般来说，上下片各押四平韵，但也可以有些变化。如苏轼的《水调歌头》在上片第五、六句的"去""宇"又夹押了仄韵；在下片第六、七句的"合""缺"，也是一样的情形（合、缺虽不在同一韵部，但词的押韵本就不如诗韵来得严格，所以有的词人只求唱时顺口即可，或者因为方言之不同，所以发音相近的韵有时也可以跨部通用）。毕竟词与音乐是息息相关的，一开始也没有正式、严格的规定，所以变化也就比较多了。

此外，苏轼的《水调歌头》曾被谱上现代流行歌曲的旋律，也就是邓丽君、王菲都曾唱过的《但愿人长久》，所以在填"水调歌头"这一词牌时，也可以参考《但愿人长久》的旋律，一边听一边填，想必会更有古人"倚声填词"的氛围。

● 范例：

— 毛滂

九金增宋重，八玉变秦余。千年清浸，洗净河洛出图书。一段升平光景，不但五星循轨，万点共连珠。垂衣本神圣，补衮妙工夫。

朝元去，锵环佩，冷云衢。芝房雅奏，仪凤矫首听笙竽。天近黄麾仗晓，春早红鸾扇暖，迟日上金铺。万岁南山色，不老对唐虞。

— 苏轼（丙辰中秋，欢饮达旦，大醉，作此篇，兼怀子由）

明月几时有，把酒问青天。不知天上宫阙，今夕是何年。我欲乘风归去，又恐琼楼玉宇，高处不胜寒。起舞弄清影，何似在人间。

转朱阁，低绮户，照无眠。不应有恨，何事长向别时圆。人有悲欢离合，月有阴晴圆缺，此事古难全。但愿人长久，千里共婵娟。

●格律：

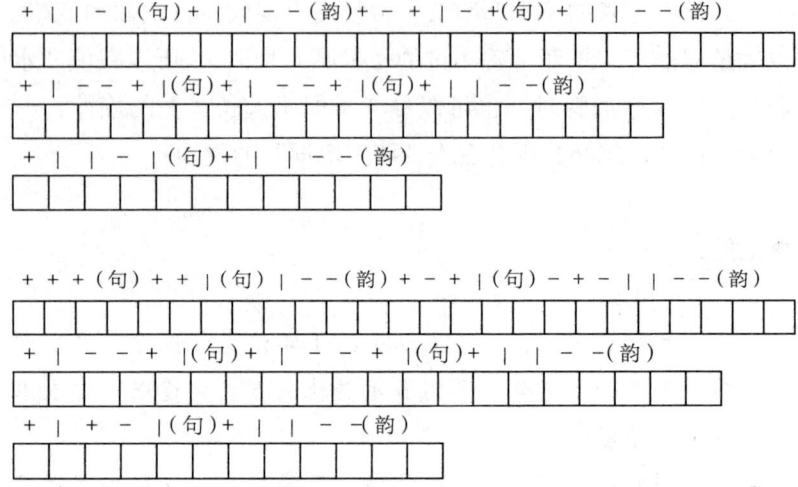

4. 满江红

●词牌介绍：

  前面所介绍的词牌都是属于"平韵格"，也就是押韵都是平声韵，而"满江红"这个词牌，则是处于"仄韵格"，也就是押仄声韵。"满江红"一样是分成两片，上片八句，押四仄韵，下片十句，押五仄韵，一般多以入声韵为主，一共九十三字。这个词牌被认为是"声情激越"，所以适合用来抒发比较豪放的情感，如岳飞著名的《满江红》就是一例。另外，也有姜夔所改创的平韵格。由于"满江红"的格律有较多变化，以下的填词词谱仅附一般所认为的正格，而姜夔所作的平韵格，则放于范例中以供参考。其他如增加衬字的格式，可再参考《康熙词谱》。

● 范例：

——柳永

暮雨初收，长川静、征帆夜落。临岛屿、蓼烟疏淡，苇风萧索。几许渔人飞短艇，尽载灯火归村落。遣行客、当此念回程，伤漂泊。

桐江好，烟漠漠。波似染，山如削。绕严陵滩畔，鹭飞鱼跃。游宦区区成底事，平生况有云泉约。归去来、一曲仲宣吟，从军乐。

——岳飞（写怀）

怒发冲冠，凭阑处、潇潇雨歇。抬望眼、仰天长啸，壮怀激烈。三十功名尘与土，八千里路云和月。莫等闲、白了少年头，空悲切。

靖康耻，犹未雪。臣子恨，何时灭。驾长车踏破，贺兰山缺。壮志饥餐胡虏肉，笑谈渴饮匈奴血。待从头、收拾旧山河，朝天阙。

——姜夔（平韵格）

仙姥来时，正一望、千顷翠澜。旌旗共、乱云俱下，依约前山。命驾群龙金作轭，相从诸娣玉为冠。向夜深、风定悄无人，闻佩环。

神奇处，君试看。奠淮右，阻江南。遣六丁雷电，别守东关。应笑英雄无好手，一篙春水走曹瞒。又怎知、人在小红楼，帘影间。

● 格律：

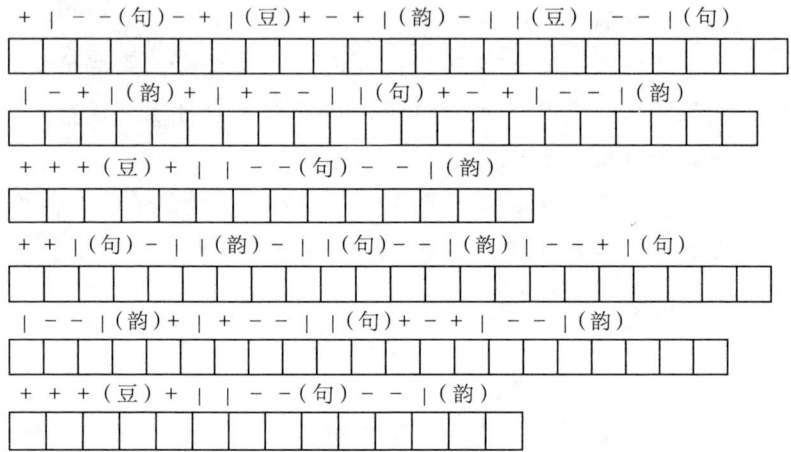

5. 菩萨蛮

● 词牌介绍：

　　这个词牌又别名"子夜歌"或"重叠金"。分成两片，上下片皆为四句，各先押两仄韵，再压两平韵，共四十四字。像这样的押韵方式，又称为"平仄韵转换格"，也就是说，平、仄韵在转换时，可以换不同韵部的韵脚，用韵上会比较自由。

　　另外，电视剧《后宫甄嬛传》中，有将温庭筠之《菩萨蛮》谱成歌曲，所以填此词牌时，也可一边参考此歌曲的旋律，一边进行填词。

● 范例：

　　　　——李白

　　平林漠漠烟如织。寒山一带伤心碧。暝色入高楼。有人楼上愁。

玉阶空伫立。宿鸟归飞急。何处是归程。长亭更短亭。

——温庭筠

小山重叠金明灭。鬓云欲度香腮雪。懒起画蛾眉。弄妆梳洗迟。

照花前后镜。花面交相映。新帖绣罗襦。双双金鹧鸪。

●格律：

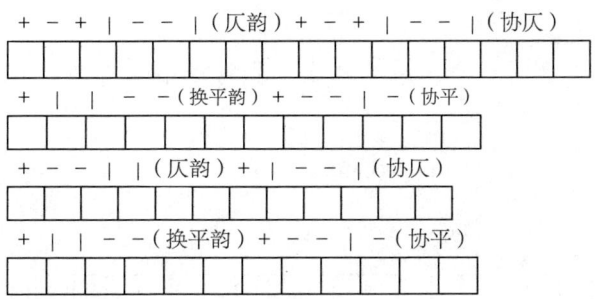

6. 西江月

●词牌介绍：

此词牌又有别名为"步虚词""江月令"。分上下片，各四句，上下片都各押两平韵，最后一句押仄韵。但这个词牌是"平仄通协格"，也就是说，与前面的"平仄韵转换格"不同，"平仄通协格"虽有平、仄韵之转换，但不管押平还是仄韵，都要在同一韵部中，所以用韵上不如"平仄韵转换格"自由，但是比一般的平韵格或仄韵格要来得宽松些。

●范例：

——柳永

凤额绣帘高卷，兽镮朱户频摇。两竿红日上花梢。春睡恹恹难觉。

好梦狂随飞絮，闲愁浓胜香醪。不成雨暮与云朝。又是韶光过了。

——辛弃疾（夜行黄沙道中）

明月别枝惊鹊，清风半夜鸣蝉。稻花香里说丰年。听取蛙声一片。

七八个星天外，两三点雨山前。旧时茅店社林边。路转溪桥忽见。

●格律：

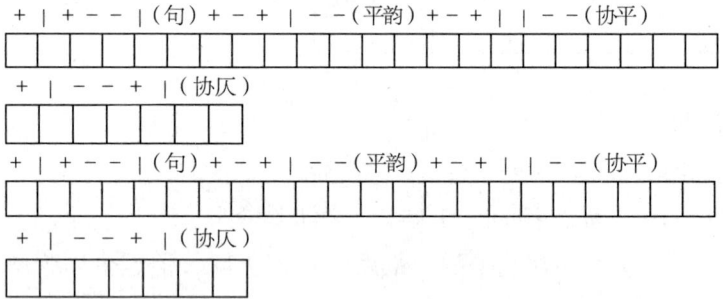

图书在版编目（CIP）数据

宋词背后的秘密 / 林玉玫著. —北京：北京联合出版公司，2016.10
（2021.12重印）

ISBN 978-7-5502-8528-6

Ⅰ.①宋… Ⅱ.①林… Ⅲ.①宋词－诗词研究 Ⅳ.①I207.23

中国版本图书馆CIP数据核字(2016)第212163号

本书中文简体字版由台湾如果出版（大雁文化事业股份有限公司）授权出版。
本书中文简体版权归属于银杏树下（北京）图书有限责任公司。

宋词背后的秘密

著　　者：林玉玫
出　品　人：赵红仕
选题策划：后浪出版公司
出版统筹：吴兴元
责任编辑：宋延涛
特约编辑：佟雪萌　欧阳潇
营销推广：ONEBOOK
装帧制造：墨白空间·曾艺豪

北京联合出版公司出版
（北京市西城区德外大街83号楼9层　100088）
嘉业印刷（天津）有限公司印刷　新华书店经销
字数160千字　889毫米×1194毫米　1/32　8.25印张
2016年9月第1版　2021年12月第5次印刷
ISBN 978-7-5502-8528-6
定价：36.00元

后浪出版咨询(北京)有限责任公司　版权所有，侵权必究
投诉信箱：copyright@hinabook.com　fawu@hinabook.com
未经许可，不得以任何方式复制或抄袭本书部分或全部内容
本书若有印、装质量问题，请与本公司联系调换，电话：010-64072833